新拉丁美洲文学丛书

La Tarde del Dinosaurio

Cristina Peri Rossi

恐龙的下午

［乌拉圭］克里斯蒂娜·佩里·罗西 ｜ 著

黄韵颐 ｜ 译

作家出版社

新拉丁美洲文学丛书
出版说明

20世纪80年代末，云南人民出版社与中国西班牙葡萄牙拉丁美洲文学研究会合作翻译出版"拉丁美洲文学丛书"（简称"丛书"），十几年间出版50余种，为拉美文学在华传播做出了不可磨灭的贡献。数十年过去，时移世易，但当年丛书出版说明的开篇句"拉丁美洲是一个举世公认的充满创造活力的大陆"，并未过时，反而不断被印证。博尔赫斯、加西亚·马尔克斯和其他"文学爆炸"代表作家的作品陆续被译为中文，"魔幻现实主义"对寻根文学及先锋小说的影响仍是相关研究者所乐道的话题。拉美文学的译介和接受不仅成为新时期中国文学研究中不可忽视的部分，时至今日仍为新一代的中国读者提供"去西方中心"的文学视野与镜鉴。

作家出版社与中国外国文学学会西班牙葡萄牙语文学研究分会合作，决定从2024年起翻译出版"新拉丁美洲文学丛书"（简称"新丛书"），感念前贤筚路蓝缕之功，继续秉持"全部从西班牙及葡萄牙文原文译出"的原则，以促进世界文化交流、繁荣中国文学建设为指归。新丛书旨在：（一）让当年丛书中多年未再版而确有再版价值的书目重现坊间；（二）译介丛书中已收录的作家成名作之外的其他代表性作品，展现经典作家更整全的面貌；（三）译介拉丁美洲西葡语文学在中文世界的遗珠之作。新丛书主要收录经典作家作品，此外另设子系列"新拉丁美洲文学丛书·当代"，顾名思义，收录具代表性、富影响力的当代拉美作家作品。

致中国读者

　　"故事"（cuento）这个词源自拉丁语的"contar"，意即讲述。讲述是左脑——掌管语言的半边大脑——最古老的能力之一。我们可以想象，自从男人和女人使用发声的语言，他们就开始讲述。他们讲述野牛行经隘道，讲述季节的更替、昼夜的流逝、英雄的壮举、部落与家庭的历史，讲述过去与未来、可食用的和有毒的植物，讲述他们的旅行与爱情、梦想与恐惧。一切皆可讲述，文学中最精妙最睿智的讲述者之一契诃夫大师曾经说过，他每天都能随便挑一件东西写出一个不同的故事。

　　一切都能够讲述，只要我们找到讲述它的方式。和动物不同，很早以前，我们人类就学会了讲述。因此有了那句俗语"为了讲述它而活下去"（Vivir para contarlo），加夫列尔·加西亚·马尔克斯在回忆录里用了它的另一个版本:《活着为了讲述》(*Vivir para contarla*)[1]。

正如电视和互联网(它们也以自己的方式讲述)出现之前的每个小女孩一样,我热爱故事,对某些角色——特别是动物——感同身受,我一边听故事、读故事,一边伤心、哭泣、学会生活。儿童故事一点也不纯真。它们和我们这些成年人写的故事一样残忍可怖:里面有嫉妒、孤独、痛苦、欲望、渴求,虽然,和生活不同的是,儿童故事总是圆满收场,因为邪恶会被战胜。

我们可以说,一开始——如果有一个开始的话——存在的是故事。所有的宗教,所有的天体演化学都始于一个神话故事,它奠定传统、过去、世代、性别关系与文化。

我是个早熟的作家。我梦想成为一名全能作家,遍历所有的体裁。1963年,我在蒙得维的亚的阿尔法(Alfa)出版社出版了一本故事集《活着》(*Viviendo*),就此起步。直至今日,这件事在我看来仍很神秘,仿佛命运结出的果实:一个不到二十岁,叛逆、越界、浪漫而又贫穷的

---

1. 此处和上文的"Vivir para contarlo"是同一个俗语的两种写法,表达相同的意思,只存在末尾"lo"和"la"词性的细微差别。中文为了保留差异感,采取两种译法。——译注

小姑娘，是怎么年纪轻轻就在乌拉圭首都最重要的出版社成功出版一本故事集的？

此后，我一生都在创作故事。我出版了十六部作品，都让我非常满意。作为读者和作家，我热爱故事这个体裁，我总是会回到它这里来，一生都会忠于它。我喜欢短篇故事的语法、结构和简短（我也写过一些长篇故事），喜欢必须舍弃次要的、无足轻重的部分。我笔下的大部分角色，像卡夫卡的角色一样，都没有名字，因为他们不需要有名字：故事必须绝对精练，一如诗歌。

讲述是为了些什么。一个好的口头叙述者（我的话很多，这点广为人知：有时候，我在聚会里讲了又没写的故事会回到我这里来，变成别人的轶事）会无意中践行伟大的故事革新者埃德加·爱伦·坡的建议：一个好的故事要实现效果的统一，达到严格的精练。与诗歌一样，现代故事不接受离题，它是一种钟表装置，其中每个词语都不可或缺。不能少，也不能多。

有时我会突然意识到，我把我的噩梦变成了故事。这是最复杂、最艰难，却也最让人满足的文学体验之一。它是一种驱魔的形式：噩梦中有一系列的象征，还有一种伦理，要做的就是揭示它们。德国浪漫派作家已经发现，梦是一种写作，是无意识的写作。有时候，一个故事追在我身后，但我不会动笔去写它，直到我想出第一句话。我并不熟悉许多男女作家谈论的那种纸张空白的烦恼。我坐下写作的时候，已经知道第一句话要写什么，如果不知道，我就去做别的事情。因为故事的第一句话决定了一切：如果它能引诱读者，如果它能抓住读者，将他完完全全地放进虚构的时间与空间（即便是没有时间的时间、没有名字的空间），读者就会继续阅读。否则，读者就会撇下故事。

要实现埃德加·爱伦·坡所说的效果统一，最后一句话和第一句话同样重要。有时候，它是决定性的一击，完美的KO[1]。不过，还有的时候，由于情感使然，会更想创造一个模糊的、开放的、充满不确定的结尾。

感谢作家出版社让我有机会在中文世界出版我的三本故事集：1976年巴塞罗那行星出版社出版的《恐龙的下午》，还有更新近的两本——西班牙帕伦西亚四十五分出版社2012年出版的《私人房间》和2015年出版的《错爱》。也感谢译者黄韵颐、余晓慧、陈方骐的出色工作。

豪尔赫·路易斯·博尔赫斯曾说过，一切偶然的邂逅都是预先的约定。表面上，我是在生活、观察、梦想和聆

---

1. 拳击术语，"击倒"（knock out）的缩写。——译注

听中找到了那些故事，但像博尔赫斯一样，我相信，在写下它们的时候，我是履行了一个预先的约定。像博尔赫斯一样，我想，它们已在某处被写好了，我的任务只是解读它们，为它们掸去灰尘与杂草，让它的教训浮现，如一则寓言。写作总是为了些什么。福音书中，耶稣说过的最美也最可怕的话之一，是："我说话，是为了叫那些愿意明白的人明白。"我赞同这句话。我写作，是为了叫那些愿意明白的人明白。

先感受，再懂得。这就是我写故事的原则，为了让读者在镜廊中享受、痛苦、微笑、认出自己、学会理解不同。

一篇故事就是时间中一道小小的切口，可以借由它深入一种感觉、一个想法、一场梦。它舍弃旁枝末节，解剖刀般刺入情绪与感觉深处。

我唯一遗憾的是无法再次书写这些故事，因为我已写下了它们。

但我能肯定，我会继续写故事，因为我对生活着迷，而生活在故事中震颤。

克里斯蒂娜·佩里·罗西

巴塞罗那，2024 年 6 月 19 日

（黄韵颐 译）

献给劳雷亚诺·莫塔

还有我的小外甥巴勃罗，

说不定在他的下午，有时候，

也会出现恐龙

目 录

作者自序

尽管或许难以置信，但在斯皮尔伯格出现之前，曾有一段恐龙并不流行的日子。恐龙不仅鲜少出现在银幕上，甚至连在博物馆都难得一见。它们消失数千年，已无人记得，但精神分析，以及某些克罗诺皮奥对所谓的尼斯湖水怪的痴迷，又将它们从物种古老的记忆中带到某些失眠诗人，比如我，还有胡里奥·科塔萨尔的夜里。

我们刚认识的时候（那是在 1974 年的巴黎；当时我们都在流亡，过着波西米亚生活，相当多情善感），我问他："你喜欢恐龙吗？"我们都属于"六八一代"，"忠于现实，要求绝对"的一代。他回答我说，当然，他不单是喜欢恐龙——当时谁也不谈论恐龙——还收集书和插画，可以送我一本。我松了一口气。有些相似是决定性的，一锤定音。我们喜欢牛奶焦糖酱，烟熏三文鱼，巴黎或布宜诺斯艾利斯的漫长散步，蓝调音乐，蕾娜塔·苔巴尔蒂[1]，安东尼奥尼[2]、鲍罗尼尼[3]和贝托鲁奇[4]的电影，探戈，文字游戏，乔纳森·斯威夫特[5]，费利斯贝尔托·埃尔南德斯[6]，塞萨尔·巴列霍[7]，船舶和恐龙。

1974 年，我在巴塞罗那过着躲躲藏藏的生活（逃离乌拉圭军政府独裁的魔爪），当时我三十岁，出版了六本书——前五本出版于蒙得维的亚——靠着在集邮协会做翻译和用打字机写作勉强为生。我刚刚写完一系列新的短篇小说，还没有取题目。其中一篇后来得名《恐龙的下午》。那阵子有天下午，我在巴塞罗那哥特区一家咖啡馆和一位

---

1. 蕾娜塔·苔巴尔蒂（Renata Tabaldi，1922—2004），意大利女高音歌唱家。——译者注（本书所有注释均为译者注）

2. 米开朗基罗·安东尼奥尼（Michelangelo Antonioni，1912—2007），意大利著名导演、编剧，代表作有《奇遇》《红色沙漠》《放大》等。

3. 莫洛·鲍罗尼尼（Mauro Bolognini，1922—2001），意大利导演，代表作包括《茶花女》《女巫》等。

4. 贝尔纳多·贝托鲁奇（Bernardo Bertolucci，1941—2018），意大利导演、编剧，代表作包括《末代皇帝》《巴黎最后的探戈》《一九零零》等。

5. 乔纳森·斯威夫特（Jonathan Swift，1667—1745），英国讽刺作家，著有《格列佛游记》《一个小小的建议》等作品。

6. 费利斯贝尔托·埃尔南德斯（Felisberto Hernández，1902—1964），乌拉圭作家、钢琴家，以幻想文学创作见长。

7. 塞萨尔·巴列霍（César Vallejo，1892—1938），秘鲁著名诗人、作家，著有诗集《黑色的使者》《特里尔塞》《人类的诗篇》等。

女友说，我写完了一本书，但还没想好题目。（我看重题目，正如我看重第一句和最后一句话，还有人物的名字。）邻桌坐着几个年轻人，正在聊天喝啤酒。忽然，他们腾地站起身来，结账，走人，风风火火得很青春。我漫不经心地瞥了眼空下来的桌子，看见他们落下了一个打开的信封。我站起来，拿起它，回到位子上。信封里有七张明信片：一整套大英博物馆的恐龙。"有了，"我对女友说，"现在书有题目了：《恐龙的下午》。"我在电话里兴奋地告诉科塔萨尔这件事，他很高兴地祝贺我，像从前一样对我说："亲爱的，不存在什么偶然，写作时更是如此。"我想，这个题目即是不存在的偶然做出的精妙选择。

科塔萨尔听说这本书要取名《恐龙的下午》便盼着要读，等到读完之后，他又主动提出要为我写序，这还是我们亲密友谊岁月里的唯一一次。画家和音乐家他写得很多，评论颇有见地，但他一般不为同代作家的书写序言，这次倒破了例。

前不久我在筹备由卢门出版社出版的《短篇小说集》，因此又回头读这本书。读时发生件奇事：我萌生了重写它的欲望，强烈、热切的欲望。我并不想修改它，不想变动任何词句。恰恰相反：我想一字不差地重写每个故事，好找回我当初感受到的情绪，找回当初的抒情冲动、反讽、幽默与对比：找寻逝去的时光。我想再次感他们之所感：一个爱上亲姐姐的弟弟，一对流亡的父女，一位太空旅行者，一个沙滩上迷路的小女孩。我想再次体会这本书曾激发过的情绪和感觉。这欲望是可怕的，因为它注定落空。

如果最终裁决文学的是时间，那么，我便感到得救：我从前写下这本书，如今仍乐意一字不改地重写它。

一个人要继续写作，就必须忘却曾写过的东西；倘若她还记得，就会沦于自我重复。我写下并忘记了这本书，又在阅读时重写了它。

克里斯蒂娜·佩里·罗西，巴塞罗那
2008 年 3 月

进入一幢房屋的邀请

幻想故事选最终版编成之日，人们会发现，大部分永久占据人类恐怖记忆的故事都围绕一幢房屋展开，它们源自屋中，包含某种邀请，引着作为主角的读者走进门内，让他随后得以自行发现其他的门，并非在日间城市的木工坊里造出的门。

像这本书一样的短篇故事集，自身就构成一幢内在的房屋，每篇故事都要求读者前进，穿过引他入迷、将他与此前的世界分隔的房间、廊道、院子和楼梯。这并非偶然。可以说，克里斯蒂娜·佩里·罗西这样的作家不自知地（但在这片恐龙与蜂后四处游荡的无人之地上，又能知道些什么呢？）重复着蓝胡子宫殿的原型：房间，镜廊，被封或被禁的门，总是有门，留给那些宁愿选择恐怖与死亡也不愿放弃开门的人。一篇故事结束，而其他的故事已在下个房间开始；我们将会无法抗拒，用目光的指头再一次摸索锁孔和插销，推开门扇，然后看见。

我们将会看见孩子们。早在多年前，克里斯蒂娜的故事就开始围着孩子们缓慢盘旋，直到淹死他们，或被他们淹死。因为，不要忘了，蓝胡子即是吉尔·德·莱斯[1]先生，被禁的门后是埋葬新近祭品的墓穴，写下《彼方》的于斯曼[2]的墓穴，巴托克[3]原始馥郁的音乐的墓穴。在这间崭新的旧屋中，在无尽仪式的反复回归中，孩子成为了那些生下他们、教育他们、爱他们、打扮他们、授予他们权力同时又献祭他们的人的证人、受害者和法官。在几年前的一个短篇《孩子们的反叛》中，克里斯蒂娜就曾将成年人无力完成的净化任务交到孩子手中。而在这本新书的三个短篇中，孩子们将企图统治他们的人的世界剥得精光，贬作真理的笑柄。像卡洛斯·绍拉[4]的电影《饲养乌鸦》一

---

1. 吉尔·德·莱斯（Gilles de Rais, 1405?—1440），布列塔尼领主，曾于百年战争时期任法国元帅，因犯下连环杀童案被处死，后成为"蓝胡子"这一童话形象的原型之一。
2. 若利斯-卡尔·于斯曼（Joris-Karl Huysmans, 1848—1907），法国颓废派作家，代表作有《逆流》《彼方》等。《彼方》中，主角对吉尔·德·莱斯这一人物颇感兴趣，就此展开研究，最后进入撒旦崇拜的世界。
3. 巴托克·贝洛·维克托·亚诺什（Bartók Béla Viktor János, 1881—1945），匈牙利作曲家，曾创作歌剧作品《蓝胡子公爵的城堡》。
4. 卡洛斯·绍拉（Carlos Saura, 1932—），西班牙导演、摄影家、作家，《饲养乌鸦》为其代表作之一。

样，单单只凭孩子的目光，就能永远地撕碎一个执着于否认真实自身的社会。

但是，青春缓慢而苦涩地浮现了；在这一模糊不定的空位期，游戏进入了新的领域，在这里，克里斯蒂娜认出并直面封闭的门、将会被僭越的禁忌、受害者和加害者之间可怕的相似性。兄弟与姐妹，女王与奴隶，无法接受游戏规则的伪成年人，奥伯里·比亚兹莱[1]或埃贡·席勒[2]能以病态的完美画出这些人，他们，无论是叫作帕特里夏还是亚历杭德拉，伊戈尔还是阿利娜，都怀抱着无果的欲望，他们追逐，恰恰是因为追不到猎物。之所以说他们是伪成年人，是因为成年即是虚伪。少年在最后的绝望抵抗中转向自己的过去，然而，他的性征、头发和声音都将他拖向恐龙男孩最终惧怖地凝望的顶点。在这幢房屋的房间里已没有受害者或加害者，最末的访客只能发出一个无用的词语：怜悯。

经历并讲述这一切的是一个女人，她了解大地上的地狱——她的大地在那儿，在南方——也了解我们时代作品

---

1. 奥伯里·比亚兹莱（Aubrey Beardsley，1872—1898），英国插画家，新艺术运动代表人物，作品多突出颓废、情色和怪诞的元素。
2. 埃贡·席勒（Egon Schiele，1890—1918），奥地利表现主义画家，常画赤裸扭曲的人体，作品有着强烈的表现力。

中的地狱——在这儿，无处不在。她做出了一个美丽的选择，将真实得令人悲伤的历史内容投影在幻想的层面中，如此历史不仅保留了它最精确的意义，而且在另一种想象中力量倍增。这种想象属于现在进入房屋中的读者，他向第一扇门伸出手，这扇门当然是被禁的，当然是迷人的。门打开，门后的空间尽头还有第二扇门，当然是被禁的，当然是迷人的。

胡里奥·科塔萨尔

恐龙的下午

姐弟之间

De hermano a hermana

每次看向姐姐，我都会想起妈妈。我知道，我情愿姐姐是我的母亲，除了她，别的谁也不行。或许母亲也可以变成我的姐姐，我怕是留意不到太多分别。每次，每每，我看向她。我放一张唱片，往窗外看，房间空空如也，只有我挂在墙上的照片，明暗对照的女人们，姿势微妙，诱人浮想，引人沉思，纤细苗条的女人，猫科动物般伸着柔软的懒腰，看不到面孔，只有躯体曼妙的线条，这张照片拍得极好，不知道拿了多少奖，我买了摄影年鉴，里边有这张，也有别的美丽的女性照片，没法全摆在这间房里，我看见那些照片，就会想起愉悦感官的甜美事物，拍照，写诗，爱姐姐，一件一件单独地想，最后并在一起。我想拍赤裸的阿利娜。我求过她，我天天求她。她从浴室出来，曳出一道水痕，我喜欢跟着那水痕，像一条狗一样，我吞吃那些水滴，趴到地上舔掉它们，那时候阿利娜就会笑，笑得我发晕，还叫我小怪物，她的小怪物（她的小怪物？大概吧，大概吧，不，我清楚得很），我既然舔不到皮肤，就一滴滴舔掉那些水，我坚持要给她拍照。

我们在海滩上。我望着她的脸。脸，仅仅只是脸。我将快乐抽丝剥茧。那个下午，天空是丁香色的，动荡的水在暴风天的平静里退却，我们三个在岸边来来回回转悠，朝水里扔木块、石子、沙子，群鸟在我们头顶不祥地尖叫，预示着雨水与陷阱。那个下午我决定从她的脸拍起。再之后，我会去拍她长得不得了的双腿。她手里握着一粒小石子，我特意待在她的身侧，欣赏她的侧影，她在笑，马里奥绕着她转圈，像个醉汉，像头小崽子，她容忍着他，我也容忍着他，尽管心里有点烦，她旋转着，情愿起舞，头发在风中飘扬，她远远地丢出那颗石子，我觉得痛，像一件碎掉的东西，我是那转瞬即逝被水吞没的石子，为什么你扔掉了我，为什么从手里穿过空气落入海中，你不知道你多让我痛苦，她拿起另一枚石子，但这次把它留在掌心。

"谢谢你，"我对她说，"要是再来一次，我会忍不住也跳进水里。"在她温热的手里，石子并不扎人。

她看向石子，意识到了，便轻轻摸了摸它。"我不是故意的，"她说，"我并不想伤害你。"那一瞬间我又为她

恐龙的下午

拍下一张照片。特写她行走着的极长的双腿，她轻盈的胸脯、优美的脖颈、随风摇摆的头，汇在一起就是富有韵律的淫溺、豹的缄默、慵懒的纵欲，背景里蓝色的海畏惧地退却，云层低垂，黑鸟盘旋。

与此同时，马里奥在岸边将木头拖来拽去。阿利娜怠懒的脸令这个学生疯狂。为了抵御对她秀发的狂热，便搬运木头。为了抵御她摆动的双腿、高伸的双臂的诱惑，便游到尽头。马里奥又拖上一块木头，带着运动员的单纯，问我：她很漂亮，对吧？我鄙视他，马里奥，长着一张迟钝学生的脸，一张网球高手的脸，阿利娜钻进了你的脑子里，像一只奇异的动物，像一道难解的公式，你会考砸的，倒霉蛋马里奥，你会痛苦得不成人形，流着口水去找评审委员会，你在如此这般的海滩午后习得的知识都会显得陌生，你会颤抖着走过去，徒劳地试图掌握技艺，掌握恰切的语言，学院压根帮不上你的忙，木头会跟你一起沉没，一，二，三，今天下午，你到底拖了多少块木头？她甚至都不肯屈尊看你一眼，醒醒吧，她走在沙滩上，只想着她自己，我为她拍照，她是我的姐姐，我们俩曾在同一个洞穴里，我们知晓隐暗的秘密，你无权得知的秘密，永远不会叫你知道也容不下你的秘密，运动员马里奥，肌肉男马里奥，她看都没看你的肌腱一眼，她专心致志，仿佛此处只有她一人。

等到考试的时候，我会帮你的，她会审视着你，无情地嘲笑你的身躯、你的手臂、你健美的泳姿，这种格斗会令你惶恐，你不了解这种格斗的残酷，她一动也不用动，就能挤扁你，击垮你，她石英的眼睛牢牢盯着你，一边盯着你一边笑，大力士，你会被打败，倒在她身边，嘴啃泥沙，你会四肢着地跟着她爬过海滩，也许她会在你头上落下几滴泳衣的水，而你后悔自己怎么没有张嘴接住。你会从她的泳衣啜饮奇异的汁液。你会趁她不在钻进她的帐篷，摸她的裤子，嗅她的泳衣。夜里你会翻她的衣服，像一个年老的演员清点他剩下的破布烂衫，随便什么能抓住的东西。被丢掉的马里奥，被无视的马里奥，被遗弃的马里奥，被嘲弄的马里奥。

"阿利娜，侧面。"

她顺从地转过身，看向跟着她的镜头。它像一头驯顺幽暗的动物。

"你累了吗？"我以世上最柔和的语气问她。马里奥弄混了木头和海藻，抱怨地衣爬上了他的鱼竿。

我观察过她的足迹。她踩在沙上，沙子几乎不会下陷，多轻的碰触啊，沙子柔软地退缩，我将手放在那小小的凹陷处。我将手放在那里，像放在她的性器上。

恐龙 的 下午

"起来吧。"她对我说，姐姐对弟弟说。我永不会忘记那细沙的曲线。

Din 21度，Asa 100度[1]，光圈5.6，快门速度1/60秒。她像一张邮票似的固定，Din 21度，我们结了婚，小时候我们会玩结婚游戏，Asa 100度，如今不同了，妈妈在栅栏边生起了气，光圈5.6，她会怎样张开腿？

——阿利娜，张开腿。

拜托了。张开腿吧，快门速度1/60秒，Din 21度，Asa 100度，光圈5.6，我不在时你都做些什么？大力士也看着你。他什么也不知道。他小的时候从来没有在夜里和你玩过游戏，他从没和她在树间捉过迷藏，从没帮她穿过衣裳，还有你的衣服，我要拍下你的衣服，但最重要的是，我想拍下赤裸的你。

"等一下，我累了。"阿利娜躺倒在地歇息，动作令人眩晕。我像只猫似的摆弄着照相机，摘下胶卷，转动相机，最后坐到她身边，碰着她的腿。漫长而艰难的爱抚。艰难，因为很慢，很羞涩，很怯懦。我碰着她裤子的边沿，缝起的边线，终结在脚边的缝线。

马里奥过来坐在我们身边。

---

1. Din 和 Asa 分别为德国和美国的感光度标准。

"十二点会张贴海报。"他对我们说。

我不想去：我想拍赤裸的阿利娜。画着海报的阿利娜，张贴海报的阿利娜，警笛尖鸣。谁来保护她呢？

"我跟你去。"我对她说。

她转过身，玩闹地、快活地摸了摸我的头。

"我有人保护。明天才轮到你呢。"

我会跟你一起去。坐着，沉默着，在卡车上。我们迅速下车，提着桶、刷子和要贴的海报。会有一个人望风。一两个人。但当你兴高采烈又漫不经心地往楼边贴海报的时候，我会跟你待在一起。打倒暴政，自由万岁。祖国要么属于所有人，要么就谁都不属于。警笛鸣叫着逼近。这次会是谁告发我们？但我会在你身边。妈妈会准备好晚餐等着我们。"吉他演奏会好不好听？"她会问我们，而你会含糊地聊起罗德里戈和索莱尔老爹。我会颤抖着望向你，因为夜色已近，我们的房间分开了，因为我们已经长大。我们已经长大，谁都没法让它不要发生，我成了最出色的飞行学员，你成了最美丽的那个。你的手心有一道小小的割伤。你在往卡车跑的时候划到了手，马里奥用他的手帕给你包扎，我不小心打翻了剩下的颜料桶。你说没什么大不了。我用几张日报盖住相机，将它保护起来。我好像你的丈夫一样，不能把你留在家里，必须得陪着你。尽管马里奥不明白，尽管他自问过许多次我们究竟在想些什么，但当你的手流血，他还是恐惧地看向我，而我看着你，抓住你的手，对你说："别怕，没什么大不了。"马里奥把他的手帕递给我，你朝着我微笑，因为我握着你的手，你说："是呀，没什么大不了。"你差一点，差一点就答应我拍照的事。"这么爱拍照，"妈妈说，"能当饭吃就好了。"还是能的：阿利娜、马里奥和我，我们三个人去参加婚礼，我一边跟他们对着那些老家伙的衣服和姿势狂笑，一边不忘用掉一两卷胶卷，从这家人手里赚上一笔。9×10的尺寸，有时还要更大。马里奥逮着机会就畅饮威士忌，阿利娜在阳台和花园里溜达。"看，月亮多美啊！"她对我说，要么就是大喊，"这里能看到海哎！"我呢，在拍照的间隙里，甜蜜地朝她跑去，触碰她。在那些不属于我们也不属于我们阶层的房子里，我会多么地爱她呀。在我们自己没有花园也没有阳台的小房子里，我是多么地爱她呀。

"我们走吧。"我突然说，于是海滩、屋子、阳台、街道、广场、影院、池塘，就变得空空荡荡，没有阿利娜的沙滩，没有她的亮光的屋子，遥远的阳台，幽灵般的街道，荒弃的广场，关闭的影院，干涸的池塘，一切都没有你。

那个男学生和我们一同转身。他扔下木头，拿起鱼竿，他拎的东西太重，结果走得很慢；我们两人走在前面，阿利娜累了，她的手有一点痛，她靠着我的肩，马里奥大叫着"等等我"，她向我低语"我们扔下他一个人吧"，或者其实是我向她低语？我抬得动她，我可以举起她，就像托起一片羽毛，我们分房睡以来，我成长了许多，可以搂住她的腰，举起她，带走她，怀抱着她发足狂奔，跑得远远的，永远抛下海滩、广场、妈妈、学校、贴海报的夜晚、借口、回忆，于是我拉住她的一只手，拽着她奔跑，她迷醉地大笑，扛着鱼竿的马里奥越来越落后；我拉着她的手飞奔，相机挂在另一边，她享受着，我享受着，那个男学生已经看不见了，他的喊声已经听不见了，我们跑出好远好远以后，她突然拽住我。

"我们把马里奥丢在了哪里？"她问我。

我用手推她，叫她再跑，我们轻快地前行，匆忙中，她仍追问不休。

"我好像听见他在喊。"她说。

"没有，阿利娜，是那些鸟儿，鸟儿而已。"我对她说，心里确信，如今我能拍下她赤裸的样子。

海滩上

En la playa

水拍击着礁岩，泡沫溅至半空，舔过石头。教堂通明，月轮圆满，风景绝佳。他们两天前抵达浴场，住一间三星酒店海景房，饭食无可挑剔。两人早早起床，吃了早饭，到沙滩上漫步。沙子是棕色的粉末，颗粒很粗，黏黏的。沙滩上很难找到落脚地，帐篷全都挤在一起，毫无隐私可言。至少对规矩人来说是这样，他们也不想有伤风化。他们从没想过挑战什么人和事，本能地相信只要循规蹈矩，就能避开那些对异见者、边缘人、遁世者、反对派们虎视眈眈的危险。他们还认为，这种温顺是有报偿的：在时兴浴场度二十天的假，就是对他们顺从守法的奖赏。远远看去，他们像一对兄弟姐妹。金色头发，浅色眼睛，皮肤娇嫩，着装低调，轻声细语，牵着手在沙滩上散步，包里永远有一件万能外套，因此从不怕遭遇晚风。那天，正是这种远见让他们得以在海岸边待到日落时分，其他人经不住深重的夜露，都已纷纷离开。他们觉得自己很幸运，颇有先见之明，因此才看到这绝美的日落。他肩上系一件母亲织的灰色套头毛衣，她则披一件大减价时购入的蓝色毛衣。两人享受着羊毛的慰藉，望着大海，望着爆裂开来、血染地平线的太阳。他从远处瞄准，朝着太阳开枪。一击毙命。他满意地倒带。

"一桩完美的犯罪。"她说。

"也没有，亲爱的，活儿干得有点脏：照片被几块血斑给毁了。每家卖明信片的商店都出售这种罪案，价格便宜得很。不过，人总是喜欢自己动手的。"

海滩空荡荡的，风刚一起，人就都跑了。人们喜欢晒太阳，却讨厌感冒的可能性。只有一个小女孩，穿着一条小白裙，在沙滩上玩耍。她不搭城堡，觉得沙子是种太稀松的材料。她也不用铲子画公主、马或宇航员，而是看着那对情侣。她性子特别独，见到情侣，总觉得很好奇：目前为止，在她的一生中，她从没觉得需要和谁分享静默、日落、浴场、任何东西。

"这孩子怕是走丢了。"女人说，"小可怜儿，我们叫她过来吧，问问她父母是谁。"

"小心点，阿莉西亚，"他答道，"这年头，小孩子都危险得很。"

世代之间的关系乱了套。教皇、教会和军队都注意到这个问题。或许是基因紊乱。过去几个世纪，父母都像子女。如今，很难找到一个跟儿子相像的父亲。不知为何，人们都去责怪孩子们不忠。引发混乱的可能是原子弹、失败的革命、污染或是电影的影响力。也可能是食物。人们越来越少在家里吃饭，更爱到自助饭馆和餐厅吃煎蛋香肠。要么是某个因素出了问题，要么是综合导致的结果，跟癌症一样。

"妹妹。"阿莉西亚温柔地唤道。

太阳又红了一分。他装上胶卷，瞄准，再次射击。唰。他看看他的相机，不大信任它的性能。他杀死了不少风景，却还不满足。假期如此完美，他肯定难以忘怀：所以才要拍照来铭记。谁会相信记忆呢？

"小妹妹。"阿莉西亚还在呼唤。

小女孩怀疑地打量着他们，又慢慢转过头，她认定风景更值得关注，便专心欣赏大海。

"大概是个外国人吧，听不懂我们讲话。"阿莉西亚说。

"每个人都是外国人。"他一边忙着取出相机胶卷，一边说。

她愕然地看向他。有时他会做一些论断，意思好像很明白，但其实很含糊，叫人拿不准主意，而她最讨厌的就是含糊。他想对她说什么？这个沙滩上全是游客？所有的孩子讲的都是另一种语言？童年是不同的国度？

"我不觉得。她长得挺正常。"她肯定道。

"你别以为外国人都是黑皮肤大鼻子。"他补充。

尽管丈夫表现得很冷漠，她到底还是坚持自己的看法。这么晚了，居然还有人放任一个小女孩在沙滩上跑丢，真是不像话。要不是他们在这里——多亏他们富有远见，讲究秩序，在沙滩包里放了两件套头毛衣——这个小女孩铁定要遭殃，落进那些一入夜就开始在海边乱窜的变态手里。报纸总是报道国外的类似事件，这个浴场又全是外国人。她也可能掉进水里。有些孩子没有自保意识，跟小动物似的。

"她的父母会在哪儿呢？"她高声自问。小女孩看起来不像个孤儿。孤儿的数量一天天地变少，至少在他们的日常世界里如此。大约是因为医学进步，延长了人的寿命。女人的寿命要更长些，她们没那么多恶习。

"要么在泳池里泡着，要么在酒店吧台喝着威士忌呢。"他嘟囔。他安上了闪光灯，因为他想给妻子拍几张照片，尽管太阳已经照不到她了。

"你多印几份，寄回家里。"她说。"家"说的是她父母的家。她祖父母的家。她叔伯姑姨的家。度假时给他们寄儿张完美假期的彩色照片，在她看来是件很讨喜的事。

"那个小孩儿要是过来，我就给她拍几张照片。"他说，"我见过有摄影爱好者拍小孩拍得很出彩。"

"小妹妹。"女人又喊。她没打算动，心里其实很讨厌在黄昏潮湿的沙子上行走。

出乎意料的是，小女孩径自站了起来。她对自己的举止行动一清二楚。仿佛她方才满意地结束一桩任务，现在甩脱了最后的琐务，终于能起身行走。又仿佛是完成了一样使命，既觉得快乐，又感到空虚随之而来。

"让她过来吧，我给她拍张快照。"他说。

小女孩什么也没拿，因为她没什么可以拿，她也不往后看，因为身后什么也没留下。她直直走向两人，白色的小裙子在风中飘荡。

"小可怜儿，她终于听懂我们的话，来求我们保护了。她肯定是走丢了，又穿着这么条小白裙子，想想就冷。"

小女孩很快跨过中间的距离，停在他们身边。她站着，好奇地瞧着他们，专注地观察着。两人都坐着，男人按下快门，才发现没安闪光灯。小女孩并没注意到这一不幸的意外。她依然站在那儿，往嘴里塞进一根手指。那是一根圆乎乎的手指，智慧的手指：借由它粉红的末端，小女孩学会认识世界、热爱世界。手指的味道有时像蜂蜜，像新鲜的苹果，像灰尘，像百里香，有时又像柠檬。它教会她远离滚热的东西，还有皮肤粗糙刺鼻的人们。阿莉西亚很紧张。她知道，每次照片没拍成，或者拍得很糟糕的时候，丈夫就会不高兴。小女孩趁着女人分神，用坚定而威严的声音问两人：

"你们是哪国人？"

她的口音很完美，但听得出是后天学习的语言。

"我们就是这儿的。"女人惊讶地回答。

小女孩凑得很近，仔细地观察她手臂上的皮肤。阿莉西亚不舒服地发起抖来，感觉像在被听诊。她的皮肤满是雀斑，她觉得小女孩似乎想触摸那些雀斑，近距离观察它们。她的丈夫还在摆弄闪光灯。小女孩挨得更近了，她能闻到女孩身上碘和大海的味道。小女孩把小鼻子凑到她胳膊的雀斑上，礼貌地问她：

"这是什么？"

"什么是什么？"阿莉西亚气得差点大叫，"是雀斑，你没听说过吗？"

"在我的国家没有这种动物。"小女孩说。她伸出手，要去碰那些雀斑。

阿莉西亚觉得恶心，一把推开她的手。小女孩有点受惊，但很快又燃起了兴趣，再次伸出手臂。不过这一次，

恐龙的下午

她征求了阿莉西亚的同意：

"我能碰碰它们吗？"

阿莉西亚不明白，为什么那些外国人不教他们的孩子尊重大人。

"不行。"阿莉西亚断然拒绝。

小女孩并没有坚持。她对阿莉西亚表现出一种高傲的轻蔑，只说：

"下次太阳再出来，我就在岸边找这种动物。岸边满地都是。这位先生为什么要拍照？"

他听见小孩儿的声音离得这么近，吓了一大跳。刚刚他全神贯注对付闪光灯，没听见之前的对话。

"她到底是不是走丢了？"他问妻子，并不回应小女孩的好奇。

"我搞不清，"她说，"她是个外国人。"

"要说是个外国人吧，我们的话她又说得挺流利。"他指出。

"小孩儿学语言都容易，他们应该很喜欢我们这儿的话吧。"

"不对。"小女孩打断两人自以为私密的对话，"我问的是这位先生为什么要拍照。我不喜欢你们说'马'的方式，也不喜欢你们说'手表'的方式。你们干吗要带套头毛衣？"

"你的父母在哪里？"阿莉西亚不想回答，便这样问。

"在家里。"小女孩迅速答道，"要是那台机器杀死了太阳，我就把它扔进水里。"

"小妹妹，"男人插话，"你要是想的话，我们可以陪你回家。好不好？你不冷吗？"

"我从来没觉得冷过。"小女孩回答，"冷是老的。它会杀死太阳吗？"

"你从没见过照相机？"

"她是外国人。"对话转向了她的丈夫，于是阿莉西亚出来打圆场，"大概是印度人吧。她那儿可能没有照相机，也可能是买不到。"

"我有一只猫，你们没有。"小女孩插嘴。

"一只猫？"阿莉西亚大惊失色。不管是哪种家养动物，都让她受不了。别人养的也不行。

"不可能，"她的丈夫说，"已经没有那么落后的国家了。只有一些特别原始的部落，才有可能不知道照相机是什么。"

"你要是愿意，我可以把它带来。"小女孩提议。她似乎愿意做出让步。

"想都别想，"阿莉西亚警惕地说，"我们可以把你带回家，让你喂你的小猫崽去。"

"不是小猫崽，"小女孩说，"是小猫咪。而且，我是在海滩上养的。"

"怪不得这个浴场的沙子这么脏。"阿莉西亚回想，"小猫崽和小猫咪是同义词，孩子。你知道同义词是什么吗？"没等小女孩回答，她就解释："就是两个意思相同的词。"

"没有同——义词。"小女孩说，"单词都是不同的。"

"读音会不一样，但意思可能是一样的。"

"没有同——义词。"小女孩坚持，"一切都是不同的。"

"她倔得像头驴。"他着恼。

"小孩儿都是一个样。"阿莉西亚打圆场。

"都是不同的。"小女孩笃定地说。她还在说小孩儿吗，还是在说同义词？

"你们睡在哪里？"小女孩突然问。

"我们的宾馆。"阿莉西亚自豪地回答。

"小虫子。"小女孩又看着她的胳膊，说道。

"我告诉你了，这些不是小虫子，你听不懂吗？"

"宾馆不是你们的。"

"什么宾馆？"

"你们睡觉的宾馆。你说：'我们的宾馆。'"

"我们在那儿租了房间。"丈夫说。

"你好像很计较语言。"妻子说。

"我可以把我的小猫咪带来，给你们看看。"小女孩再次提议。

"不用了，我们改天再看。"阿莉西亚试图说服小女孩。

"没有改天。"小女孩回答。

"当然有了！你看啊，我们在宾馆订的房还有十五天呢。"

"他要是杀了它，就一天也没有了。"

"我从没杀过太阳。"他微笑道。

"我说的是猫。"小女孩澄清。

"我不喜欢猫，但我绝对不会杀猫。"他辩解。

"都一样。"小女孩坚持己见，"它会死的。我有好几只猫。养在不同的房子里。"

"你看吧，"女人说，"这孩子父母离了婚，所以她才迷迷糊糊的。我都不知道人干吗要生孩子。"

"为了物种的延续。"小女孩十分严肃地回答。两人都说不出话了，惊恐地看着她。她的回答跟教科书似的。

"你知道物种延续是什么意思吗？"他惊讶地问。

"知道。"小女孩志得意满，因为她回答得和学校里教的一模一样。

"嗯，行，说说看吧，它是什么意思。"

"我不想。"小女孩说。

"你不知道。"他反驳。

"不，我是不想。我想给你们看看我的小猫咪。"

"你是不知道。"

"我是不想。"

"阿尼巴尔，别折腾这孩子了。我们把她送回家吧，要么带回宾馆也行，反正找个地方。"

"为什么你们的名字都是'阿'打头？"

"我们要怎么弄清楚她住在哪？我看她不太乐意回答啊。"他问。

"我的名字是'埃'打头。"

"后边呢？"他问。或许能找到一点她身份的线索。

"埃呜呜呜咿呀雷。"小女孩回答。

"这不是个名字。一点意义都没有。"

"它的意义就是我想让它具有的意义。"小女孩肯定道。她在哪儿读到过这句话。

"那现在你想表达什么意义呢？"

"埃呜呜呜咿呀雷。"

"你说的话一点意义都没有，压根都不是个名字，是你瞎编的东西。"

"我现在就想叫这个名字。"小女孩解释。

"那你不想叫这个名字的时候，别人叫你什么？"

"他们想叫什么就叫什么。"

"又来了，别吧。"阿莉西亚打断。

"你们要是不想看我的猫，我还有另一只。"小女孩骄傲地说。

"我们哪只都不想看。"阿莉西亚发话。

"那还有另另一只，我给你们看。"

"也不要。"他说。

"那另另另一只呢？"

"我觉得你根本就没有这么多猫。"

"我觉得你们不是猫的朋友。"

"也不是小女孩的朋友。"他恼火地说。

"我爸爸也不是。"小女孩说。

"不是小女孩的朋友，还是不是猫的朋友？"他问。

"他和一只猫是朋友，但和另一只不是。"

"你爸爸住在哪儿？"阿莉西亚又想打听。

"在猫廊（gatería）[1]。"

---

1. "gatería"原意为"猫群"，此处为和"galería"（长廊、画廊）保持形似，译为"猫廊"。

"你是不是想说画廊（galería）？"

"我想说猫廊。"

"他就是那种夜里在宾馆酒吧喝得烂醉的外国佬吧。"

"你妈妈呢？"阿莉西亚追问。

"哪个？"小女孩问。

"你有几个妈妈呀？"阿莉西亚惊讶地问。

小女孩似乎想了一会儿，她瞧了瞧手指，在空中算了算，然后回答：

"就一个。"

"她住在哪儿？"

"家里。"小女孩说。

"她现在人在哪儿？"

小女孩开始玩沙。

"她之前在海滩上。"她回答。

"她丢下你一个人？"阿莉西亚吓坏了。

"不是，我丢下她一个人，去跟猫玩了。"

"你把她丢在哪儿了？"丈夫问。

"猫廊。"

"这样是问不出结果的。"阿莉西亚开始担忧，"要不我们给她点东西。用吃的骗小孩子很容易。"

"你想吃三明治吗？"丈夫提议。

"我吃过了。"小女孩说。

"你想的话，可以再吃点。"

"不要。我不想变得跟你一样胖。"

"我才不胖。"他抗议。

"你都不怎么动，肯定会长胖。"

"谁告诉你我不怎么动？"

"沙子。你不动的时候它也不动。"

"我今天已经动得很多了。"

"你为什么不提前把明天的也动了？"她天真无邪地问。

"我不想。我喜欢什么时间做什么事。"

"什么时间？"小女孩问。

"相应的时间。"

"我不知道。"小女孩说。

"你不知道什么？"

"'相应'是什么时间。"

"'相应'不是个时间。我的意思是，我做事喜欢按照它的时间来。"

"谁？"

"什么谁？"

"它是谁？"

"事。每一件事都有它的时间。"

"你怎么知道？"

"因为我小时候有人教我，不像你。"

"她的时间是什么？"小女孩指着阿莉西亚问。

他呆立当场。他想都没想过这个问题。他想了一会儿什么答案合适，比如说："她的时间是永远。""一生。""清晨和夏日。"行动的时间还是冥想的时间？日常的时间还是另一个维度的时间，不太常见的时间？他得在两个含糊的回答中选择一个：所有都是，或者哪个也不是。

"她的时间是所有的时间。"最终他宣布。他对自己构造的句子非常满意。她也很自豪，得意了一小下。

"要是她不想看我的猫，她的时间就不是我的猫的时间。"

"我们才不在乎是不是你的猫的时间。她的时间属于她和我。"

"世界广漠。[1]"小女孩沉吟着仰望天空。他觉得很烦躁，不知道她到底是认真的，还是在耍他们。

"你从哪学来的这种漂亮话？"他语带讥讽地问。

"学校。是本很旧的书的标题。学校的书全都很旧。"

---

1. 《世界广漠》（*El mundo es ancho y ajeno*），又译《广漠的世界》，是秘鲁作家西罗·阿莱格里亚（Ciro Alegría，1909—1967）的代表作。

"你觉得这句话是什么意思？"

"没什么意思。就是世界广漠。"

"你把话又说了一遍。"

"没有同——义词，我反对阐释。"

"你说你反对阐释，是什么意思？"

"我爸爸有本书，叫作《反对阐释》[1]。"

"我说了吧，"阿莉西亚插话，"她爸肯定是个喝西北风的知识分子。所以才养出这种孩子。"

但他被对话弄得太兴致高涨，也太晕头转向了。

"你还没告诉我什么是阐释，你又为什么反对阐释。"

"因为没有同——义词。"

"你爸爸什么书都让你读？"

"不是。"

"哦，那敢情好。"

"不是什么书都让我读，是让我读所有的书。"

"你喜欢读书？"

"不是。我喜欢那些题目。你金色眼睛的映像[2]。"

---

1. 《反对阐释》（*Against Interpretation*）是美国作家、评论家苏珊·桑塔格（Susan Sontag, 1933—2004）1966 年出版的文集。

2. 取自美国作家卡森·麦卡勒斯（Carson McCullers, 1917—1967）1941 年出版的小说《金色眼睛的映像》（*Reflections in a Golden Eye*）。

"别胡言乱语了。"他生气,"你要是不马上告诉我们你想让我们把你带去哪里,我们就走了,你孤零零待着吧。"

"你们孤零零待着吧。"小女孩站起来,语气笃定地说。两人顿时面面相觑,神色恐惧。

"我要是走了,你们一整晚、一整天都得孤零零待着了。"

阿莉西亚很不舒服。

"我们不是要丢下你。"她试图安抚小女孩。

"就算我把我的猫留给你们,你们也会孤单得不得了。"

"可是,你陪着我们让我们很开心,你想留多久就留多久。"

"浴场的夜晚很长。"小女孩说,仿佛只是留下一句无关紧要的评语。

"确实,"他说,"和城里不一样。"

"哪儿都找不见一个人。"小女孩补充。

"太可怕了。"阿莉西亚同意。

"就算是这样,我也可以走掉,把我的猫留给你们。"

"不要啊,埃呜呜呜咿呀雷,留下来吧,留下来陪我们。"

"猫会陪着你们的。"

"可是，你留在这里陪我们，能更好地照顾它。"

"你们要是饿了，我可以去给你们买三明治。"

两个人都很惊恐，开始从包里大把大把掏吃的。

"你看，你看，这些够三个人吃的。"

"七个，因为还有我的猫，我另外的一只猫，我另另外的一只猫，我另另另外的一只猫。"

"七个也够，埃呜呜呜咿呀雷。"他胆怯地说。

"我的猫水性好，吃惯了鱼。"

"多棒的猫呀，多漂亮的猫呀，埃呜呜呜咿呀雷。"

"好吧，这样的话，我就陪你们一整晚。总是有些独自在沙滩上的人，百无聊赖，不知道做什么好。"

　　　　　　　　　　　　恐龙的下午

埃德加·爱伦·坡
对雷蒙多·阿里亚斯诗歌的影响

La influencia de Edgar. A. Poe en la poesía de Raimundo Arias

"我表现得很好，真的。"父亲说，眼睛定定望着她。他的眼睛很亮，是天蓝色的，一双小孩子的眼睛。再往后，生活会令双眼黯淡。阿莉西亚观察到瞳孔的这种特性。生活中有些东西会令眼睛蒙上阴影；眼睛失掉相望的大雁栖息的湖的颜色。静谧的水域动荡了，内在的水流从远处来，从远景来，从海外来，改变了眼睛的节奏与色调。于是孩子不再是孩子，变成了眼睛黯淡的成年人，没有眼睛的成年人，他们的眼睛什么也不反映，无法窥见内里。她父亲的眼睛却还能往里看。她很喜欢探头去看那片水域。她看见坟冢、海洋生物、石头、发光的空间、寂静而令人不安的月面风景。假如有一天，他不再是个孩子了，她恐怕就没法在他眼里见到悬浮的海马——它们缓慢地游动——也见不到金色茎秆雪白花朵的植物。她吹气，茎秆就会摇摆。她的父亲闭上眼睛。

"你回家晚了。"她说，声音清亮如女高音，"晚了三十五分钟零两秒。作为惩罚，你不许吃甜点。"她不看他，不愿见到那片颤抖的水域。

"可是阿莉西亚，"他争辩，"路况很复杂。很多人走的是跟我相反的方向，人那么多，以至于走完一步都很难马上迈出下一步。基本上，得用一只脚小心站着，踩着空出来的一小块地儿，另一只脚高高抬着。听起来很简单，你肯定觉得很简单，今天下午要跑遍大街卖奇迹牌肥皂的又不是你，买一送二，生活焕然一新，可是我跟你说，真是困难重重。有时候脚抬在半空中，放不下来，会很累。别忘了，装肥皂的箱子也重得很。抬着脚，等着街上出现一小道可以前进的空隙的时候，我会努力转移注意力，想点别的。有一次我明明等到了机会，可是旁边的一个男人动了，他伸出短粗的大脚，抢在我前面占据了那块马赛克砖。"

"你该轰走他的。"她严厉地说。他垂下眼睛。装满肥皂的箱子放在一旁，通体漆黑，皮子发亮，贴着一张海报，上面写着："奇迹有限公司。让生活更美好。"

"没那么简单，"他辩解，"那男的好壮，像一大块花岗岩；他扎扎实实、风风火火地往前冲，凶悍得很。他会从我身上碾过的，就像走路的时候踩扁一只蚂蚁，毫无知觉，无动于衷。那个男人跟其他人一样，都匆匆赶去某个地方，谁也拦不住。"

他们六个月前来到这个国家，至今都没弄明白该往哪个方向跑。他也不确定跑是不是最正确的选择。

"他们往哪儿跑？"阿莉西亚好奇地问。

"我不知道。"他坦白。他想偷偷点一支烟，却被她看穿了。

"四支。"她残忍地宣布，"你只剩一支了。"

"三支吧，"他想蒙混过关，"你回想一下，早上那支是我跟你一起抽的，而且我赶时间，都没怎么享受到。"

"四支。"她坐在椅子上，重复道。她穿着蓝色的裙子，长发散落在背后，像极了她母亲。她的母亲从没拥有过一条蓝色的裙子，头发总是剪得短短的；在他看来，这一差异大大减少了两人的相似。或许，她其实像的是她母亲的姐妹，但他没法肯定；他只见过她姨妈一次，在妻子抛下他们俩的时候。他是偶然在超市里遇见她的姨妈的；他们没说上几句话，因为两个人都很匆忙，他忙着要给女儿喂饭，还要写一篇文章，主题是埃德加·爱伦·坡对一位知名作家的诗歌的影响——谁也不认识这位作家，因为他从未离开过他那并不位于欧洲的祖国——她呢，必须马上赶回游击队的隐蔽处，给他们打掩护。他觉得她是个很可爱的女孩儿——他永远也不会忘记她的红发，想必是为了更好掩盖身份而换上的一顶假发——他心想，他多想给她看看他写的这篇有关埃德加·爱伦·坡对雷蒙多·阿里亚斯诗歌影响的论文，尽管她没空看这种东西；她以睿智的目光注视他，一种被激情吞噬了的睿智，这是雷蒙多·阿里亚斯的原话，阿里亚斯不认识她，但或许会以直感察觉到她，对这一点，他很肯定。她觉得很可惜，他竟是这样一个小资产阶级知识分子——她的姐妹离开他之前也是这么说的——因为毕竟，他看上去温和又聪明。无论如何，他都忘不掉那女孩的红发或蓝发或绿发或金发，他很自责，我应该再了解了解我妻子的姐妹，但所有人都是那么地匆忙：要搞革命，要做饭，要排队买牛奶、面包、面粉、大米、鹰嘴豆、油、煤油，在军队的倾轧下要拼命奔跑，要照顾由于避孕套质量太差而降生的女儿，此外他还要写一部关于革命的小说，有时小说会领先于革命，有时候革命发展神速，赶超了小说，与此同时他的妻子抛弃了他，她超过了两者，小说和革命，女儿跟他生活，他们达成了协议，她没法带着这么小的一个女孩子参加游击队，他们蒙骗了所有人，谎称她跟另一个男人跑去了捷克斯洛伐克。我应该再了解了解我姐妹的丈夫，她想，但是时间不够，她要工作，要排队买牛奶、面包、面粉、大米、鹰嘴

恐龙的下午

豆、油、煤油，要搞革命，而且有时候，人也是会犯困的。

"你今天卖掉了几块肥皂？"阿莉西亚问，没有离开椅子。她面前摆着一张小木桌，放满了彩色石子，还有一只玻璃长颈鹿。她只在逃亡中抢救出这些东西。他们不得不离开祖国，因为他被控宣传马克思列宁主义思想，还撰文颂扬企图动摇国家、损害国家机关声誉的游击队暴民。他很有尊严地牵住女儿的手——我不是一件能让你抱着走的东西，她说——拿上一些文件和衣物，和她一起在警察的监督下登船。

"我们为什么不现在就杀了他？"下士问，"我们可以跟之前一样，说他们在企图逃脱执法时身亡。"

"都没人在等我们。"他们抵达的时候，小女孩站在船舷上说。

"女儿呀，"他回答，"你也知道，我又不是踢足球的。"

阿莉西亚看向父亲仅剩的一条裤子下瘦削的双腿，心想，作为女儿，她的运气实在算不上好。她的父亲不是足球运动员，不是船长，不是知名歌星［她只听过他唱《拆掉铁丝网》[1]，调跑得没边，她唱《颤抖吧暴君》（*Tiranos*

---

1. 《拆掉铁丝网》（*A desalambrar*）是智利著名创作歌手维克多·哈拉（Víctor Jara, 1932—1973）的一首歌曲，呼吁人民"拆除铁丝网"，当家做主。

temblad）要唱得好多了——"颤抖吧暴君"是国歌里一句尖锐的歌词，因极富煽动性而被政府禁止〕不是某个托拉斯企业的老板，也不是演员。只好认命了。孩子选不了父母，尽管父母总是会选择孩子，这个留下，叫阿莉西亚，这个不要，就流掉了，也不会有名字。

"我卖了二十六块肥皂，还有一块送给了一个老太太，一共二十七块。其实我也不是纯送，她给了我三个橙子呢。她卖血橙，拉里奥哈上好的橙子。"

"二十六块。"小女孩思索着，"一整天的时间，卖得也不算多。"

"好好想想吧，孩子，在这个国家，人们好像都只会在周日上午洗澡，还得考虑到其他竞争产品，啫喱、浴盐、洗衣粉、洗面奶、香皂片、液体泡沫、固体泡沫、泡沫固体。"

这个国家不仅没有等待他们的人——别的国家也没有——还以很糟糕的方式迎接了他们。他们一抵达，就被要求提交一大堆文件：父亲的身份证，女儿的身份证，父亲的护照，女儿的护照，父亲的领馆签证，女儿的领馆签证，父亲的无犯罪记录，女儿的无犯罪记录，两人的受洗证明，单身证明（我都结婚了，怎么出具单身证明？好吧，那就要女儿的单身证明，还有您的结婚证），父亲的小学毕业证书、中学毕业证书、大学毕业证书，两人的天花疫苗、破伤风疫苗、肝炎疫苗、肺结核疫苗、狂犬病疫苗、脊髓灰质炎疫苗、脑膜炎疫苗、哮喘疫苗和风疹疫苗的接种证明。小女孩仔细地向当局递交一份份黄的黑的证明，又小心谨慎地将它们收好。她的父亲一点条理都没有。他们还要求他的妻子到场，才能让小女孩入境。

"不可能，"男人说，"我妻子没跟我们一起来。"

"那这个小女孩就不能入境。"办事员说。

"为什么？"他问，"我是她父亲。我对她负责。"

"谁能说您是这个小女孩的父亲？只有她的母亲才知道。"

"那这些文件呢？"他说，"这些文件不能证明吗？"

"这些文件证明不了您是她的父亲，"办事员说，"您是不是这个小家伙的父亲，只有她的母亲才能作证。"

"我不是小家伙，"阿莉西亚生气道，"我是个未来的女人。"（她从读本上学到这句话。）

"必须让小女孩的母亲来确认她是不是你们婚姻的产物，"办事员语带威胁地总结，"您可能是个罪犯、人贩子、侵犯未成年人的强奸犯，这个小女孩有可能是您的人质。"

"您问她好了。"他抗议。

"这个男人是我的父亲。"过了一会儿，她才表示肯定。其实她想过要否认。由她而不是由别人来决定她做不做一个人的女儿，这还是头一次。她本来也可以这么说："才不是呢，他不是我的父亲，他是个骗子。"或者类似的话。就像连载小说跟电视剧里的剧情。之后她可以随便挑一个父亲，或者突然变成孤儿，那就更好了。不过，她不确定这样做是否真能让她幸福。在本国找到一个合适的父亲已经很不容易，在外国就更难了。变成孤儿，这件事要到了十八岁以后才有意思，到了那个年纪，可以去看禁片，可以自己买卖东西，还可以交税。可以生孩子的年龄要早得多，十二三岁就行，一个人还不能开储蓄账户呢，就能生孩子了，想必生孩子远不如其他事情重要。

他们决定验血来证明父女关系。倒也不算坏事（尽管他晕了过去，他每次见到血都会晕。他的妻子说，这样干不了革命），鉴于他们被带去了一家很漂亮的诊所，还在那儿吃到了免费的食物。吃东西之前他被抽了四分之一升血，远超必要的量。对外国人总是这样的，毕竟他们是外国人。她狼吞虎咽。

"你吃的是我的血。"他说。抽血之后他晕得很，除了咖啡加奶什么也咽不下。于是她吃了两份抹了黄油和桃子果酱的面包。在这个国家，人们管"蜜桃"叫"桃子"。

在他们的国家，"桃子"叫"蜜桃"[1]。

日报从来不登载他们国家的新闻。他们觉得这很不够意思。

"我想知道我在船上被偷走的四个小时去哪儿了。"她说。验血结果刚刚出来，确认她的父亲是他，或者其他任何一个 A 型血的人。

航行的第四天，船长通过广播提醒乘客，要将手表调快三十分钟。第一次通知的时候，小女孩没有照做。她的腕表保持十二点不变，但船上其他所有人都将指针转过表盘，依阿莉西亚的看法，他们对待时间实在太随便。他没有强迫她：她是个无政府主义者，相信自由。

"把你的草莓冰淇淋吃了吧，谁知道下次再吃是什么时候。"草莓就是莓，莓就是草莓[2]。在他们决定去的那个国家，人们说"草莓"，尽管他们讲的是同一种语言。"女儿呀，你要记住，任何个人的反叛都是注定要失败的。"他断言。他镇静地看着小女孩的手表继续缓慢走动着分秒。那块表很漂亮，蓝色表盘，银色数字，是她妈妈临走前留

---

1. 此处"蜜桃"和"桃子"的原文分别是"durazno"和"melocotón"，所指的水果完全一致，只是西班牙和南美某些国家的不同叫法。

2. 此处原文前后分别是"fresa"和"frutilla"，是草莓在西班牙和南美某些国家的不同叫法。

给她的东西。在她妈妈前去的地方，时间大概会以别的尺度衡量，生活也会更加炽烈。阿莉西亚两眼含泪，望着小小手表的蓝色表盘（好似一汪湖，指针宛如缓缓漂浮的天鹅的脖颈）。她说：

"我就不调快，拿什么换我都不干。"

他们下船的时候，阿莉西亚的手表慢了四个小时。

"不是我慢了，是他们快了。"她看着广场上两轮巨大的钟表说。

当她终于同意——仿佛她失职了一样——把她的手表调得和世界这个部分的其他人一样，她就开始想念她在船上被偷走的四个小时。

"他们对我的五千七百六十分钟[1]做了什么？"她问父亲。

他还没准备好回答她。实际上，他什么也答不出来。他也做过儿子，做过很多年。他尽力活着，这已经很了不起了，他习惯了被偷走东西，被偷走的比四个小时多得多，但他近乎无能为力，改变不了事物的秩序。事物的秩序是事物的主人的秩序，而任何个人的反叛都注定要失败。至于他的妻子，无论她身在何处——如果她还在某处

---

1. 原文如此，尽管四个小时并不等于五千七百六十分钟。

　　　　　　　　　　　　恐龙的下午

的话——她也做过女儿，做过很多年，她也尽力活着，这已经很了不起了，她致力于改变事物的秩序，但事物的秩序很难改变。

"女儿呀，我们回去的那天，时间就会还给你的，假如我们某天能回去的话。假如我们坐船回去的话。"

这个回答并没能安慰她。她对很久以后的归还不感兴趣。她觉得自己被完完全全地侮辱了，欺诈了。

他们要拿积攒的这些钟头做什么？她想象载满窃来的钟头的船只，穿越海洋运送秘密时间货物的静默船只。她想象许多幽灵船，上面挤满了人，看守着存放偷来的时间的仓库。她想象时间贩子在肮脏黑暗的港口等待船只，他们买下这些小时，又转手卖掉。她想象绝望的人们购买一小盒一小盒的微末时间，因为时间贩子会炒卖买来的钟点。在随便某个港口，一个焦灼的人看到船只抵达，一个蓝色的盒子从船上搬下，他买了半个小时，或许更少，只买了十分钟，从某艘船安静的乘客那里偷来的十分钟，从她父亲和她这样非自愿的移民，这样的流亡者那里偷来的十分钟。一个绝望的男人，在港口等待，望着漂浮的大块油污，焦虑地左右张望，船只白色的侧舷，蓝色的小盒子，最少的时间，他需要用来做某事的一小段时间。船长的声音无情地重复着："尊敬的乘客们，请将你们的手表调快三十分钟。"于是不再是十二点，在随波浪摇摆的白船甲板上不再是午夜十二点，不再是十二点海上黑暗的夜；无能为力、在别的战役里落败了的乘客们驯顺地遵从了命令，调整了他们的钟表，于是忽然，很突兀地，就在那一刻，不再是十二点而是十二点半，三十分钟从他们的生命里消失，去填饱了船舱，喂肥了时间贩子。

"狗娘养的船！"她绝望地大叫。

二十六块肥皂算不了多少，尽管他们只喝奶吃核桃。"它们热量很高。"父亲说。在她出生之前，他上过新手爸爸课程，所以才知道这些知识。课上教了食物的热量、小孩开始对性好奇时的十个合宜回答、清洁和消毒奶瓶的方法、医生到来前的处理措施，但关于如何在国外养活小孩，他们半个字也没告诉过他。

因此他沉默，仰望着天花板。那是一块很普通的天花板，白色的，没什么地势起伏。阿莉西亚叹了口气，知道她得担起责任。在这种艰难时期，还要对一个父亲或母亲负责，称不上是多愉快的任务。她的父亲并不特别叛逆，但有时也试图自己拿主意。他决心去做的那些事，基本全都失败了。她不常责备他，因为她的父亲很敏感，她担心会打击他的信心；需要促进他人格的成长，哪怕是通过这些不幸的尝试。她读过一些关于成年人的手册，尽管不完全赞成弗洛伊德的观点（她更喜欢他叛逆的弟子拉康），但还是努力防止父亲的抑郁症恶化。她尤其关心父亲的性生活，觉得它既不规律又不稳定。但他不愿直接提起这个话题，总是找些这样那样的借口。有时他说太累了，有时说没兴趣，就算是两个人走在街上，她不停地跟他提起路上碰到的女人们，他也坚持不给反应。一开始他说，他得调整一下他的审美，鉴于这个国家的女人和他的女同胞们大相径庭。后来他又含糊地说什么肥皂用得太少，最后干脆赞美起黑人女性，但所有人都知道，在这个国家，黑人很久很久以前就被消灭殆尽。

阿莉西亚走向桌上法国制造的中国茶盒，检查里面的东西。盒中还剩几枚硬币，分属不同国家，印着不同的压迫者的肖像，基本都不在市面上流通。钞票呢，都来自他们流亡离开的那个国家，因为没有黄金背书，哪家银行都不收。她想过要用这些蓝色的钞票在房间里铺一部分壁纸，最后还是觉得太乡土了。她毕竟是个世界公民。她父亲不是。

"我们一分钱也没有了。"她语调平板地说。几乎每天都是一样的话。然后她的父亲就会在他唯一的一套西装口袋里翻找记录了朋友熟人住址的记事本，仔细检视一遍，最后什么也找不到，因为大多数人要么已经死了，要么不住在这些地址了，要么远在千里之外。但他很喜欢这个仪式。朋友最后留给我们的总是空地址。

"我想今天我们找不到人要钱了。"父亲也语调平板地说。

阿莉西亚叹了口气，走向硕大的帽盒。穿越大洋之前，她往里塞了一些衣服。

"等着，我过三四个小时回来。"她出门时对父亲说。他忧郁地望着她离开。她戴着某次学校节日他送给她的印第安人行头，扮相并不算坏。羽毛有些耷拉了，旅途中又遗失了好一部分。阿莉西亚用水彩给它们重新上了色，力求营造一种如画的异域风情。羽毛有蓝有红有黄，还有黑色和白色。

"你知道查鲁亚人用哪种羽毛吗？"她问过父亲。怎么可能知道呢，西班牙人把他们国家的印第安人杀得一个不留。倒是有一位据称已经一百零四岁的后裔，长得又像印第安人又像阿富汗人。他也不知道他们是不是像米高梅电影里暗示的那样装饰羽毛。

"今天我要再插上三根黄的，谁都不会注意到区别。"阿莉西亚说。

她拿起画笔，开始在脸上涂抹，尽量让鬼脸显得可怖。番茄酱效果拔群，但有次招来只猫，它被气味吸引，

恐龙的下午

跳到了她身上。他一言不发地看着她，心怀崇拜。她肤色太浅，并不像个真正的印第安人，但欧洲人才不会注意这种细节；至少那些会在街上停下来，给小女孩几枚硬币的欧洲人不会。

"女儿呀，当心那些老头，都好色得很。"每次她出去，父亲都要提醒，"别让任何人靠近你，他们就爱侵犯小女孩。"

"要是个印第安处女，他们就更来劲了。"阿莉西亚替他说完。这段说教她早就烂熟于心。

她望着镜子。这次她在嘴巴那儿画了个叫人毛骨悚然的鬼脸，对此十分满意。她在眼睛周围搽了些阴影，描了些假皱纹，把眉毛涂蓝了，还画了块疤，做出了一种苍老的效果。此前很少这么成功过。

她望着镜子，说：

"我不知道旁边是放那块写着'拉丁美洲印第安女孩'的板子呢，还是再做一块，上面写'拉丁美洲侏儒老太婆'。"

"我不确定印第安人里有没有侏儒。"父亲说。

"我也不知道。"她回答。人竟然能对自己的祖先如此无知，真是难以置信。欧洲就不常有这种事。欧洲人受到的教育更好，他们总是能数出五六代长辈，从来不搞革命，而且几乎每个国家都有议会——有些是两院制，有些不是。

　　只有一次，在打扮成拉丁美洲印第安女孩表演的时候，她出了个小事故。一个只比她小一点的讨厌小孩狡猾地接近了她，用尽全力拉扯她唯一的一条印第安发辫。于是，她忘了自己该喃喃一些没人懂的声音，转而用完美的卡斯蒂利亚语大骂他。很快，她就将此归结于西班牙对拉普拉塔河流域独立文明的殖民。此事的高潮部分是她精准地打中了他的下颚，一拳将宗主国揍翻在地。

　　他看着她，带着一点点烦恼和强烈的崇拜。他想，两代之间的基因改变了，遗传特征隐秘地变化了，如今的孩子已经成了上一代人的父母，完美且令人敬佩。

　　他们是另一个种族，有着非凡的抵抗精神，在原初的子宫中，就从那些私密的、无比黑暗的败仗里吸取了教训。还在母亲子宫里的时候，他们就已懂得了悲伤、失败、哀痛，于是，降生到世上以后，他们也知道怎样伴着它们生活。他们在苦涩的夜晚孕育，在那些充满痛苦、迫害、不确定性、不幸与恐怖的夜晚，在牢房一般的屋子或坟墓一般的牢房里，在棺材一般的床铺上孕育。从那些折磨与疼痛的夜晚幸存的人，生来就有着抵抗与坚强的印记。

　　阿莉西亚出门前看了他一眼。她头上戴满羽毛，穿一条稻草裙，下边伸出两条极白的腿。她露着胸脯，两个刚发育的乳房圆圆的，不太引人注目，乳头是粉红色的，柔软的。她没有背着弓，因为她的父亲没钱给她买弓，他们总是很穷。两人的目光交错，并不相同，并不相同但仍清澈透明。他们知道怎么解读眼睛的密码。他们是在公海上学会的，在那些连月光也不照亮航程的失眠的长夜里。在公海上，当他们抽着定量配给的香烟，想着如何攫取厨房的一块火腿三明治的时候，他们就已学会了在眼睛的水域中阅读：父亲的温顺的水域，女儿的躁动的湖水。阿莉西亚看向他，阅读，读出欺骗、梦想和悲伤。

于是，当她一边打开门，一边调整着声音，好配上她的打扮，装作一个在欧洲流亡的拉丁美洲印第安女孩的时候，她一字一句对他说：

"我确定，你对我们这代人的看法错到了家。"

模拟

Simulacro

塞尔希奥从右边靴子里抖出一点月尘，失落地坐下，环视周围。他孤单一人，哪儿都看不见帕特里夏的倩影。这天他已跟丢她两次，而夜很快就要降临。他不能跟她跟得太紧：她不许他这么做，但有时再找到她就很难了。他有点消沉，坐在那儿等时间流逝。他一会儿擦擦靴子，一会儿望着不算深的火山口底，时不时从口袋里掏出一页法文或波斯文写成的古卷，尝试解读其内容。这一活动进展很慢，结果也不尽人意。他的法文比波斯文更熟练，这点不假，但他读的那张纸页并不总能令他愉悦。它可能是一份数据，一篇经济学文章，而不是一首诗，尽管如此，他也一视同仁地解读，如蚂蚁般缓慢劳作。有时他吸进一点阿片，在镇静剂带来的昏沉中看远处城市光痕浮动。他朝火山口里扔些零碎物什，它们沉不下去，飘浮在半空中永远地旋转。他扔纸揉成的球，扔玻璃和矿物的碎片，还扔留给帕特里夏的讯息。他已收不到她的秘密邀请，读不到也答复不了她的文字。眼前无尽的舞蹈让他愉悦，近处时不时忽现一块石英，或他的表盖，或一块金属上镌刻的帕特里夏的芳名。火山口无法利用，尽管禁止朝内扔掷物件，但总有什么在它内部舞蹈着，好像它们其实是玻璃球而不是火山口。夜晚，漫长的月球夜晚将要来临，此后很长时间他都将无法再寻到这种孤独，黏附在他靴子上的月尘，空荡的太空，附近连一艘盘旋的宇宙飞船也没有。风景中既无树木也无植被，颜色一成不变：地表永远烟灰，空气永远漆黑。他哀叹没有树木，只因无法在它们身上刻下留给帕特里夏的讯息。讯息里写："我在这里等过你。""我读了一页《白痴》。""火山里的蓝玛瑙是给你的。"他会舍弃一切全数送给她，但不确定她是否会欣赏他的慷慨。所有资料都显示帕特里夏爱无能。他没少思考这问题。一个如此可爱的生灵，怎么会对爱无动于衷？他的口袋电脑立即确认：爱无能——爱无能。她被爱时似乎也不大舒服。她圆睁一对冷蓝眼睛——石头的眼睛，鹭的眼睛，叫他打战——视而不解，听而不闻，抚而不爱。帕特里夏很聪明，学会了所有代表着爱、善心、好感、激情与甜蜜的神情和姿态，并将它们完美地表现出来。但它们只像是一场仪式，一类传统舞蹈的闪避与舞步，并不表露任何内心。塞尔希奥想到这里，又不安起来，决定不再等下去。难道她不知道他正等着她吗？不，她知道。他们通过内部对讲机定下了约会。他的对讲机连接着帕特里夏的频率，但帕特里夏的对讲机连着好几个频率，有的时候又一个也不连。更准确地说：是他约的她，一如往常。

"帕特里夏，五点在 DJ7 区火山口旁见。"

她说好。因为她就是这样，礼貌又冷漠。她当然乐意见他，聊聊天，吃点冰品，喝点冷饮，或许再让他给她读读什么古老作品。但她也可能在空窗期遇上别的什么事，以致忘记跟他的约会；不，她不会忘记：她只会自作主张地推延、取消约会，甚至懒得搜索一下他的频率，给他一个借口或解释。此后，她就算再出现，八成也没法理解他为何烦恼不安。看到他怄气，她还会很吃惊。

"我一直在等你。"他会语带责备地说。

"为什么？"她会天真坦率地问。

"我们不是约好了吗？"

"当然。但路上有什么让我分心了。"

"什么让你分心了？"

"有什么让我分心了。我想不起来是什么。无论如何，我要是迟到，你就不该再等我；这你应该晓得。"

"你为什么不查查你的记忆器？你得弄清楚是什么让

你连着分心了四个小时。"

"我最喜欢记忆的一点，正是它遗忘的能力。现在我只记得有什么让我分心，没法赶上约会，但我搞不清究竟是什么。有什么让我分心，于是约会就溜出了记忆，同理，现在我想起了约会，就忘了一开始让我分心的是什么。不，我不会查询记忆的。我不想生活得这么瞻前顾后。"

塞尔希奥总是查询他的记忆器。他喜欢让它记录一切：他的每一个念头、风景的轮廓、站点的名字、偶然听到的词语。他把所有的材料都存在一个文件夹里，时不时投到屏幕上看着玩儿，确保他的所见、所思、所历不会从记忆裂缝中溜走。

"这么精细的记忆会让你早衰。"帕特里夏这样跟他说，对他的不安嗤之以鼻。

"而你，你将永远也没法知道你现在是谁，曾经是谁，将会是谁。"

她有些轻浮地笑了。

"这又要什么紧呢？过去的我已经过去，而现在的我并不关心将来的我。"

尽管记忆器并非为此发明，但塞尔希奥警觉于生活的易逝，因此会用记忆器将之再现。也许只有永生者可以舍弃记忆，但人并不能确定自己永生。有些生灵已能活到

　　　　　　　　　　　　　恐龙的下午

五百岁，但他们要到何时才能知道自己能否真的永生？仍有许多人死去，谁纵使现在不死，也随时可能步他们的后尘；这事很难保证。在他看来，帕特里夏很可能会永生，尽管才三十五岁，但她已现出永生之兆。她从不生病，不被世上任何事物影响，健康非凡，适应力绝伦。塞尔希奥想到她还活着而他已经死了的未来，打了个寒战。帕特里夏多才多艺，他想她的生活将会相当丰富多彩。他则相反，很多东西他都受不了。比如说，月尘会让他的气管难受。在不同大气层间移动时，气温的骤变也会让他不适。帕特里夏每次见到他坐在飞船边缘冻得不行，试图把所有温度调节装置都打开的样子，都觉得很好玩。在月亮上吃的食物也叫他不舒服，他住过几次院，都是因为肌体不适应。

"您应该以健康为由申请调职。"他的上司曾在机房里向他建议。他一言不发：过去他花费了那么多时间，办理了那么多官僚手续，才得以被分配到这个离帕特里夏不远的岗位，因此上司的劝告在他听来实属荒唐。但不管怎样，他还是向上司道了谢。他母亲也很担心他的身体。几乎每个周日（如果帕特里夏忙于做爱或运动的话）他都会去看望母亲，出一趟远门：他很喜欢登上飞船，展开漫长孤独的空间航行。因着路线偏远，又是非工作日，一路上没什么人。有时他会远远地遇上一艘飞船，鸣笛亮灯朝他致意。他在驾驶舱里听不见鸣笛，只望得见灯光。不过，控制仪表记录了另一艘飞船的声音。他开启了所有设备，唯独没开自动装置：他喜欢在孤寂中操纵他的飞船。事物单调的颜色尤其吸引他。每当他觉得自己习惯了新的色彩，就会调出记忆器，重温最初几次空间旅行的感受。他的驾驶舱很舒适，被他打理得精致洁净。一有机会，他就会往里放些非金属的物件，让环境更温馨。他挂起仿制的鲜花，将座位涂成柔和的颜色，给储备罐头加上装饰。这里是他所了解的最私密的处所，鉴于他们尚未，且短期内也不会给他分配私人住房。实际上，他们只建造了研究设施、工作设施、控制中心、空间站和医疗机构，雇员们要么穿过空间回到人居星球上的家，要么留在设施里，将大厅充作临时卧室。他留了下来，因为帕特里夏哪儿也不回。她也从不睡觉，而她的不眠正是他最担心的事情之一，因为在她不睡觉的时候，他无法追随她的脚步。不过，专家倒没从帕特里夏的不眠中发现任何异常：很简单，是某种基因里神秘的古怪，某颗不驯的黑暗种子，某个闯入她花园的家伙，将她的夜晚变作荒凉无垠的空间中长久的漫步、对不同城市夜间的探访，她的夜晚是未被勘探过的领土，是与他一无所知的时空的约会。

　　　　　　　　　　　　　恐龙的下午

他的母亲一边等着他，一边给花园浇着水。他将飞船停在远处，驾直升机回家。他爱他的母亲，爱她强大的适应力。她不愿孤单地闭锁在医院里，也不愿幽居在像博物馆一般保存的老城：她要求做贡献，要求参与，成为推动进步的一分子。队长给她安排了一份善差：在环境经过特别调节的温室里养护珍稀物种、罕见树木、存活艰难的植物。它们是正在衰亡的世界孤独的标志物与见证者。他的母亲，再加上两三个协助她的公务员，就是全部的人手。她生活得很惬意，全心照料植物。到了晚上，她就回到她崭新的居所，一栋居住着一大半植物保护部公务员的大楼。他们还允许她把一小圈土地用作私人花园，在里边种她的秋海棠、大丽菊和绣球花。她也没忘了照料儿子最喜欢的玫瑰。他的母亲很适应这种新生活，总是与儿子分享她的思考：

"最近这几年（指的是她为植物保护部工作的这几年）是我一生中最美好的日子。我不仅见证了贫困、不公、饥饿、痛苦和残虐的消亡，而且，在一个原本只能等死，只能给国家、给我的儿子、给我的邻居添麻烦的年龄，还发觉我的身体和才干依然对社会有用。"

塞尔希奥发觉她精神一天比一天好，心中暗暗钦佩。虽然母亲也曾一度飞快衰老，但自从万事有了新的秩序，她的年龄就停滞了，再也没有过任何大病小恙，在动静之间保持着微妙的平衡。她很喜欢看一些旧日的图片，投影结束后总是对着儿子发表评论。

"那是个可怕的时代。"她说，"私有财产仍然存在，权贵们大肆敛财，以人民的饥饿和痛苦为代价兴旺发达。在那个时代，一个人的财富就能买下一整个国家。许多人本能活下来，却离开了人世，许多人没来得及出生，就已经死去。"

这些反思令塞尔希奥心绪不宁。他自问，人怎么能在这样一个充满痛苦、不公、战争、剥削、蔑视、竞争、讹诈、压迫、投机、诈骗、谎言、抢劫、疯癫、诱奸、暴力、怀疑、恐惧、异化、狂热和灾难的世界上生活。好在这一切在他出生前就已消失，也没有重现世间的迹象。

塞尔希奥等累了，失望地望着火山口底部，他扔出去的一些碎玻璃在里面缓慢而持续地舞蹈。他将它们与记忆一同献给帕特里夏。"假如你能来，"他想，"假如你愿意来，我会告诉你，这块石英是一间供人居住的小屋，这颗红色的是一枚燧石，那个跳着绳的天蓝色的孩子是我某次旅行在沙滩上找到的一块水晶，那时我心里想着你，弯下腰把它捡起来只为让你知道，我把宇宙和它微小的目的都献给你。"内心的演说令他烦乱。帕特里夏不会接收到那些讯息的。

"那个女人，"周日两人在母亲的小家里聊天，母亲问他，"你确定她爱你吗？"

"不。她不爱我，妈妈。"他回答道，努力维持声音不破碎。母亲悲伤地望着他。

"你不能……？"她转而建议，口气并不确定。

"爱一个爱我的人，哪里算得上勇敢呢？"他打断她，不让她说下去，"那只会是一种幸福的心意相通罢了。我想我爱她正是因为，尽管我这么爱她，她却不爱我且永不会爱我。即使她不爱我，我也能爱她，在我看来，这就是对我的爱的终极考验。"他辩解道。

"只要你不因此伤心绝望就好。"母亲像是在提醒他。

可怜的妈妈，他想，看来我也不那么容易被看穿哪。

他登上飞船，启动了它。他慢慢地开着飞船，他已等了太久，现在不知道要做些什么。他决定在太空绕上一圈，沿着轨道飞行，到那些明亮寂静的城市近处去。遥远的城市灯光令他感到愉快而惬意，好像那些光是许多个等待他归来的母亲。从远处看，城市显得无害而亲切。能看见的只有灯光，伴着投身于太空温柔抚慰的旅人航行。

他转了几圈，大胆地突进了几次（他伤心时喜欢在空中翻跟斗，如一个杂技演员）然后缓缓滑行，擦过月球石灰质的表面。在最后一次飞行中，他看见帕特里夏的飞船停在不远处。帕特里夏几乎从来不开它，因为她永远住在月球上，世间任何事物都没法让她离开这里。她拒绝一切要她到外面去的航行、散步和远足。她从不会思念什么，从不肯为任何可能吸引她的事物伤心遗憾。

找到帕特里夏的飞船依然让他很高兴，这意味着她离得不远。夜晚渐近——他的手表是这么显示的——夜间光线和空气都不会变化。然而，当一切活动停息，人们回到各自的休憩处时，帕特里夏一天中最漫长、最不为人所知的时段，她不眠的夜晚，才刚刚开始。他没有去寻找帕特里夏，猜测会打搅到她。他绕着帕特里夏的飞船飞了好几圈，像在向她致敬，绕圈本身又像是婚礼舞蹈的舞步。

他看见她出现—— 一身灰——整理着衣裳，浑身洋溢快活的气息。她穿着一套金属衣，塞尔希奥看见它的胸口部分覆在她低低耸起的雪白胸脯上。他继续看着，坐在离帕特里夏飞船极近的船舱里，一动也不动。一个男人从和帕特里夏一同躲藏的悬崖深处钻出，出现在她身边，同她道别，一边朝她挥手，一边走远了。塞尔希奥自问，这次被选中的又是谁。而他是被推延了的那个。那个男人看见了飞船里的塞尔希奥，尽管不认识他，也还是向他挥手致意。帕特里夏看起来快活又淘气；塞尔希奥将飞船向前

　　　　　　　　　　　恐龙的下午

移了几米，好离她近些。他伸出手，拉她上船。同往常一样，她冷得叫他吃惊。

"嗨。"帕特里夏招呼道。她还在整理衣服。他更愿意看她什么都不穿，但他也承认现在有点儿冷。

"嗨。"塞尔希奥把她拉上来，回道，"你想喝点什么吗？"

"我想喝杯咖啡。"她说，仍然很激动，"夜晚已经开始了吗？"

他查了查平板上的仪表。

"正好开始了一小时十分钟。"

"不错！"帕特里夏评价着，坐到了方向盘边的座位上。

他给她弄了一杯冰咖啡。帕特里夏讨厌热饮。

"你想散散步吗？"塞尔希奥一边喝着他那份冒着热气的咖啡，一边发出邀请，试图掩饰他的失望。帕特里夏有时愿意接受短途的绕月飞行，只要别走得太远，别接近那些让她伤心的沉睡城市的灯光。

"不要，"她答，"我更想要你给我念篇古文。如果可能的话，念首诗。"

这便是塞尔希奥的软肋了。他把所有的业余时间都花在阅读和翻译古文上，它们以秘密的魔力捕获了他。他是已死语言的专家，虽然这一专长对社会无甚用处，但他却能从追踪过去这一永不能完成的任务中获得愉悦。他寻找过去的痕迹、标志和证物，寻找它朦胧不定的光。帕特里夏总是专注地听他朗读。他不清楚她听到那些忧伤的文字有何感受——假如她确有感受——但可以确定的是，她倾听时沉默不语，将冷杯贴近嘴边，有时噘起双唇，直至挨上坚硬的玻璃。她诱人的舌尖从唇间探出，轻轻叩击玻璃的表面，他想象着这样的碰触带来的快感，不由得颤抖起来。她似乎意识不到自己的神态。意识不到她那隐秘的、肉红的舌头从唇间小蛇般探出，叩击着玻璃。

"今天我没带诗来。"他不满道。

"哎哟，"她甜蜜地回应，"我们的塞尔希奥好像生气了。受伤害了。"她伸出一条雪白的胳膊，探向塞尔希奥金色的头发，"那和我讲讲古代的诗人们吧。讲讲他们如何含混地说话，讲讲他们如何学艺，如何走向衰亡。乖，听话。漂亮的塞尔希奥生气啦。"她说着，抚摸着他的头发。

他轻柔地推开了她的抚触。他多想成为那些和帕特里夏上床的壮小伙儿中的一个。她总是选择那些黝黑健壮，略显粗鲁笨拙，毫无想象力的男人们。他能准确地说出她会选择同哪类人欢好。同哪类人赤身躺下。玩乐、恋爱，如同没有后果的游戏。帕特里夏并不喜欢他身体里一些易碎的部分，一些她不想伤害的脆弱的部分。纵使她总是在伤害他。

塞尔希奥求诸记忆，开始背诵一首吟游诗人的长诗。他不确定诗句是否准确，但在静夜中，在两人独处的太空中，在不被任何声音搅扰的月亮无情的寂静里，他灵感勃发，用想象填补了记忆的空缺。他读着读着，注意到帕特里夏伤心起来；她的嘴唇像被钉在了杯子玻璃上，他一读完，她就兀自站了起来，激烈地拒斥他。

"为什么你引用的诗总是这么悲伤？我讨厌忧郁，也讨厌失败。悲伤是病态的。"她宣判。

"不怪我。"塞尔希奥争辩道，"那些又不是我写的。"

"怪你非得选它们。"她说道，毫不让步地望着他，"我猜你想用这些诗把我变软弱。但你错了，朋友：只有那么一瞬间而已。现在，如果你乐意，我们来看场派对吧。"她语气骤变，忽然切换了话题。

塞尔希奥妥协地答应了。帕特里夏总是热衷于派对和集体聚会，夜间举办的那些尤甚。夜里她睡不着觉，孤独是个可怕的敌手，她更愿意不战而逃。当孤独或夜间的恐惧浮现，帕特里夏就连上投影仪，看她最近几场派对的影像。她是位声名远播的东道主。在那里，在人群中央，帕

特里夏被仰慕她却不爱她的同伴，被想爬上她的床并轻易
地得偿所愿的追求者包围着，她挥洒着所有的活力和欢
乐，发挥着鼓动气氛的全部才能。现在塞尔希奥在飞船的
小屏幕上再次看见她，她随着各式乐曲舞蹈，向喷水池里
倾倒海量的酒，在室内游戏和体育运动中与人竞技，在一
场狂舞中褪尽衣衫，众目睽睽下伴着宾客的鼓掌与喝彩声
做爱。结束以后，她就气喘吁吁、高高兴兴地坐到一座喷
泉边上，和朋友谈天，喝冰镇饮料。帕特里夏相信人与人
之间唯一的区别只在于享乐的能力。她自己的这种能力似
乎漫无止境，尽管许多时候流于肤浅。无论有没有伴，着
没着衣，在工作还是在休息，无论是在洗澡、奔跑、欢
笑、行走、聊天还是在旅行，无论是静还是动，她都能畅
享欢乐，生命的每一瞬间里她都在享受，她的选择似乎只
决定于对一种事物的追寻：快感。她并不怎么挑剔。假如
享乐要许多条件才能达成，那么享乐的机会也就减少了。
唯一恐怖的只是死亡，而对于帕特里夏来说，死亡的对立
物便是快感。对失去快感的恐惧与死亡最为贴近。

　　趁着影片播放的当口，塞尔希奥望向她。他知道如何
在黑暗中注视她。她还有什么是他不了解的？他的爱就像
母亲的爱一般，是完全的：他理解她的过去，如其所是，
理解她的现在，如其所是，理解她的未来，无论其所是。

"爱无能"，电脑说。"爱着帕特里夏"，在他询问自身感情的时候，电脑每每如此回答。

投影结束时，帕特里夏已变得兴奋。对派对的回忆再一次唤醒了她的感官。

"我很想做爱。"她宣布。她往飞船两侧都看了一遍，像在寻找能满足这一目的的物事。最后，她看向了他。

塞尔希奥颤抖了，他十分不安，弄不清帕特里夏的宣告究竟让他心生怨恨还是心生爱慕。

"没错。你在惊讶些什么？我刚刚做过爱，现在又想做了。现在是晚上，有时我觉得夜特别地长。所有人都睡了。全世界的人都睡着了。我不想感觉孤单。我不想；实际上，我是不想孤身一人。你本来也该睡了。你觉得是失眠让我这么焦躁，这么饥渴吗？啊！我多想整晚做爱呀！你累了吗？"

"不累。"塞尔希奥答。

她笑了。

"小可怜。"她又补充，"你是不得已才说的不累。我让你等了好几个小时，让你看着我和另一个男人一起离开悬崖，你还回答说不累。到如今你甚至能和我做爱，只为了让我高兴。"

"为了让我高兴。"塞尔希奥纠正道。

"错了。"帕特里夏说，"你寻求的是别的东西。我不能令你高兴，你在我身边只感觉恐惧。不，你寻求的不是单纯简单、没有后果也没有内涵的快乐，肌肤之亲的快乐。哎，他人身上黝黑的肌肤。只是肌肤而已。抚遍那紧绷而颤动着的表面。再无其他。抚摸并舔舐。啜饮并触碰。触碰并攥捏。攥捏并吮吸。吮吸并啜饮。啜饮以及更多，更多更多，下沉，刺穿，击破，折服。假如是你，你没法保持沉默。你要表达的更多，不满足于那互相认出的原始体验：我和他人。他人和我。我知道我和他人在一起，因为我触碰着他。我摸索着他。我用手指，用舌头，用腰胯和牙齿辨认他。这是我在他人身上唯一能确定的。你能意识到这是多么幸福的认知吗？如此你能知道你有人陪伴。换了你，我没法和你做爱。你会妨碍我。让我思考。你不是那种快乐的野兽。你的动物性太复杂。我的动物脱去衣服，赤身裸体。我的动物是一头自由而无知无觉的动物。一头什么也不盼望的动物。它畅饮然后性交，性交然后劳作，劳作然后唱歌，唱歌然后进食，进食然后大笑，大笑然后寻找那些最基本的东西。"

她在抵御些什么？塞尔希奥问自己。这个女人在抵御些什么。他不会和她进行哲学争论，不会和她进行任何争论。

"我也是他人，但你不抚摸我，不触碰我，不用牙齿辨认我。"塞尔希奥不快地反驳。她正兴奋着，展露着她的裸体，而他此刻没有争论的心情。事实上他只想离开。要么远远地离开，要么和她睡觉。逃与睡之外的选项对他来说都是无益的、非建设性的。

"我听你说话，看你生活，同你争论，我理解你，钦慕你，你扰乱我，煽动我，激怒我，如一种错位的形而上的示爱。因此我无法同你交合。否则，将几乎像我爱你一般。"

塞尔希奥猛地起身，跳到月球表面，摔上飞船门，把她留在了里边。那是他的船，但他照样要弃船而去。他从没有这样和她分开过，但这一次他怒火中烧，焦躁难安。

他没有回头，但能想象出她看见他离开时的笑容。

时间已晚，他在路上一艘船也没有碰见。他连上对讲机，和他站点的上司通话。

"我在很远的地方迷路了。"他说。

"啊哈。"上司回答。

"我很想回家见一见人。看看人们的脸，朋友的脸，怎么说呢，你有没有什么额外的工作派给我？"

"小伙子，我觉得你神经有点紧张。测测你的脉搏，控制一下血压。你得保重身体。"

"别给我建议了。我在向你求助。今晚有没有哪个姑娘有空，愿意和我睡一觉？"

"嘻，塞尔希奥，你在说些什么呢？全世界都待在家里呢，何况我也不知道你说的是什么样的姑娘。你是在看什么老片子吗？"

"是啊，头儿，我每天看的都是一样的片子。"

"我给你派艘飞船过去。把你的确切位置给我。但行行好，镇静一点，待在原地。给自己打一针什么的。别再给我添乱了。"

他没给自己打针。由于太激动的缘故，他也没法待在原地。此外他还感觉冷。在月球上，每到这个点他都感觉冷。他把温度调节器落在了飞船里，现在正打着寒战。这里冷得要死，他又没什么能御寒的东西。他要提些建议，在路上安装独立空调。安在火山口，或者别的什么地方。这儿还有不少要改的东西呢。

有人通过对讲机呼叫他。他调整频率，希望对面是帕特里夏。

"你还活着吗？"他听见上司慢吞吞地问，"你别动，我派了艘船去找你。"

"我好冷。"塞尔希奥抱怨道。

上司骂了他，把通话给挂了。

恐龙的下午

他看见飞船靠近了，心里高兴起来。他想回家，或者随便去哪里。上船之前，他拿了根凿子，在一块水晶上刻："帕特里夏：我爱你。"他把水晶丢进最近的火山口，看着它舞动。

"总有人往火山口里扔些破烂。"驾驶员点评。他被拖下床执行任务，心里正烦得要死。

恐龙的下午

La tarde del dinosaurio

他全副武装走下海滩。脚蹼、潜水服、三脚架，还有一张渔网。出门前，他敲了父母卧室的门，但却没有回应。他们八成是在睡觉。也可能是死了，所以才不回答。他想了一刹这种可能性，但最后决定，就算他们死了，他也照样要去海滩。下午是灰色的，几朵丁香色的云沉重缓慢地滑过天空，如同古代的主母，高贵，大理石质地；海平静、密实，近乎固体，模糊地显出内里的涡流；就是在这样的下午，恐龙会选择钻出水面，在海滩上出现。假如他父母真的死了，他之后会去处理，也可能会有别人帮他处理。他两步两步地迈下他与街道之间的台阶，一边试图想象如果父母逝世要办哪些手续。学校里没教过。学校里教的都是些没用的东西，比如复杂得要命的公式，尽管人们都知道，如今机器能够完成一切。就算是在他们这种不发达的落后国家，机器也能完成一切。他的父亲曾有一次把他带到自己的办公室。不是他的第一个父亲，而是另一个。这个。这位父亲独享一间办公室。就好像他不是一个普通职员，而是个什么老板。他用留声电话下命令，向男孩展示办公室，仿佛办公室全是他的，仿佛是他自己费尽千辛万苦垒起一砖一石，又在砖石之间抹上必需的石灰和灰泥。或许他只是个高级职员，男孩见过这种人行事的方式，如果他们是高级职员（有时只能享受指挥一个门房的快感），他们就会表现得好像拥有整家公司，而其他的职员不过是他们的仆人、臣民、下属。他们没有阶级意识。

"是因为他们没有阶级意识。"男孩的父亲对他说。第一位父亲。那位如今已经没有也送不出海底捕鱼器材的父亲。

"你不能给我一根烟吗？"他的父亲问。他的第一位父亲，没有办公室，在城里没有房，在海边山里都没有房，没有自己的汽车，没有电视没有冰箱没有莫卡辛皮鞋没有香烟什么都没有的父亲。他在兜里翻找，从掏出来的东西里抽出一根皱巴巴的香烟。他的父亲马上将烟送到嘴边，压根不思索这是根什么烟。

"是英国烟。"他告诉父亲。

"是吗？"他的第一位父亲不甚在意，"你觉得英国烟怎么样？"

"挺香的。"他说，尽量轻描淡写。香烟是他从他现在的父亲那儿偷来的，后者总是把半开的烟盒丢在一堆西装外套的口袋里。

他们走到公园，很冷。

"你要是想，我给你弄件大衣来。"男孩向他的一号父亲提议。他觉得父亲应该很冷，因为父亲身上只穿了件米色的薄外套。此外，米色也不应季。外套下边的衬衫磨损了，开了线。他想，他的母亲要是见到父亲穿成这样，想必会仰天长啸吧。他的母亲。或者说，他父亲的妻子。她如今已不再是他父亲的妻子，但还是他的母亲。为什么人不能和母亲离婚呢，就像他父亲离婚一样？他要去给父亲弄件大衣，不是为了他母亲会说的话，而是为了要冻僵的父亲。他夹在两个父亲之间，忙碌得很。

他的一号父亲微笑了，温柔地问他：

"你怎么弄得到大衣？"

他打了个含糊的手势。他不想坦白他的秘密。

在他的二号父亲的办公室里，一切都闪闪发光，井然有序。他的父亲只带他去过办公室，没邀请他的妹妹，大概是因为二号父亲觉得办公室不是女人待的地方。二号父亲的想法就是这样。二号父亲很专断，不常给出解释。不像他的一号父亲，一号父亲要讨人喜欢得多，脾气也温和得多，对什么都会解释一番。他觉得一号父亲是自己在向自己解释，因为对于一号父亲而言，生活大概是个难题。尤其是在战后。他们有过一场战争，一场很小很小的战争，不是那种国际大战，而是本地的、内部的战争，在国界之内发生的战争，但终归是战争。谁也不想谈起此事，人们能读到的书上也都没有写，而他的一号父亲似乎从那场战争中艰难地幸存。

"那个男人是个知识分子。"曾有一次，他的二号父亲鄙夷地说。战争使得一些人有了安全感，使得另一些人有了不安全感，而且，很多东西的含义都发生了改变。之前是什么样的，已经很难知道了。

"你是个知识分子吗？"后来他问一号父亲。

"不是，"一号父亲回答，"我是个记者。意思就是说，是那种拿着工资，在私有企业资助的日报上写违心话的人。企业资助报纸，就是为了让别人按他们的想法说话。也可以说，我是个执笔的工人。"他戏谑地讽刺，"是个奴隶。"

"企业有话为什么不自己说呢？"

"他们不想扯上关系。他们更情愿付钱叫某人说那些他们想让人们相信的话。很复杂的，孩子。"

他从没在日报上见过父亲的署名。

"你也不想扯上关系吗？"他问。

恐龙的下午

"嗯，一方面，我不喜欢给违心的话署名，另一方面，企业也更喜欢不署名的文章，仿佛它们就代表大众的观点，是民意所归，历史所向。"

这件事让他很不喜欢。他还是更喜欢他父亲失业的那段日子。当然了，在他的记忆中，家里的其他人并不觉得那是什么好日子。家里的其他人，也就是说，他母亲，因为他的妹妹当时还太小了，没有什么记忆可言。他的二号父亲还没有出现。有一天，他父亲分享欲大发，给他看了一堆自己写的文章。这些文章散落在旅店房间里，散落在袋装茶叶、空烟盒、渣酿白兰地酒瓶和缺了另一只不成对的袜子中间。他父亲一直都很没条理，而且，地方越小，就会把东西搞得越乱。文章很有意思，瞧一瞧读一读，都趣味十足。有些被露营炉、冬天取暖的小火炉，或是香烟烧掉了一部分。另一些被老鼠和蟑螂啃过。他在纸堆里翻到有关玫瑰种植、最佳划船季节、美味米糕制作方法、时刻微笑之重要性的文章。可以看出他的父亲是个能人，什么题材都能写。父亲一生中一朵玫瑰也没种过，还极其恐惧航行。他也很确定，米糕食谱根本就是编造的，因为父亲讨厌大米。

他的二号父亲命令他陪自己去办公室。二号父亲从来不邀请，只下命令，显然深信他的命令暗合他人心愿。二号父亲早早地叫他起床，门也不敲就进了他房间，心满意足地对他说：

"今天你陪我去办公室。"

他眼睛都不眨一下就开始穿衣，因为他不喜欢争论。他确信，他这位新父亲心里觉得，自己是满足了他最隐秘的愿望。他走向洗手间，不过在进去之前，先去了妹妹屋里一趟。自从他们开始和这位父亲一起生活，每个人都有了自己的房间。舒服是更舒服了，但如果谁有话急着要讲，路上就会更费时间。

他发现六岁的妹妹很深沉地看着一本连环画杂志，一边还挠着脚指头。

他突然走进来，她只是从杂志上抬起眼睛，毫不惊奇的样子。

"老头子想要我陪他去办公室。"他宣布。

"乍得在哪儿？"她问，对此事漠不关心。

"我想是在非洲吧。"他回答。

"共产党是好人，还是政府是好人？"她又问。

"不知道，"他说，"看情况吧。你在读什么？"

"一本连环画。女主角住在乍得。我弄不清她是为 CIA 干活呢，还是个反叛的赤色分子。"

"我问问我们的一号父亲。"他说，"哎，这次我很庆幸你是个女人。你不用去办公室。"

他继续走向洗手间，出来的时候，他的父亲已经在等他了，样子很不耐烦，手里拿着车钥匙。他的一号父亲从未拥有过汽车。倒是有一次弄到了一辆自行车，但因为没上锁，被人偷走了。

他父亲的办公室摆满了器械和家具。父亲用留声电话下达了几条指令，随后坐进扶手椅，仿佛那一整个物件和机器的世界都属于自己。扶手椅是可动的，父亲两腿叉开，晃来晃去。那是种满足的摇晃。父亲的鞋子闪闪发光，同家具和地板一样。他想，要是他带来了他的小照相机（是他上一次生日二号父亲送给他的礼物；一号父亲送他的礼物更特别，更不张扬：一盒特鲁埃尔的火柴，一枚西班牙战争的邮票，或者干脆什么也不送），他就能拍出一张极好的照片，效果绝伦的照片。在二号父亲亮闪闪的短靴下，在熨烫完美的精致裤管下，在微胖双腿的摇晃间，在终身总统和总理的画像下，他可以放上这么一条题词："成功男人肖像"。成功是北部的一个小镇，有着闪耀的加油站、天鹅和大雁凫水的湖泊、不锈钢画框、许多能开账户却不能坐下的银行[1]，洋溢着为之辛劳一生的满足。在成

---

1. 此处为双关，西语的银行（banco）和长凳（banco）是同一个词。

功镇，战争的幸存者们聚会庆祝他们幸存。战败者从不聚会，首先，他们要么是死了，要么是被抓了，其次，他们也进不了成功镇。一号父亲很喜欢给他讲成功镇居民的故事。出于这样那样的原因，一号父亲认得他们所有人。一号父亲没有进成功镇的护照，但对此事也不甚在意。

"儿子啊。"他的父亲用神父般的语调说，那种隆重的语气把他从浮想中拽了出来。"唰！"他心想，"您可真是超凡脱俗啊。我不吃饭的嘛。[1]"他父亲总是这么个开场白。这个语调，这种"儿子啊"的叫法。他被这么叫会起疹子。跟他又没有半点关系。他没让人把他带到这世上来，没能选择出生的年份、时期、国家，没能仔细研究世界各地的政体和历史，就猛然降生。另一方面，他也不相信历史有多真实，我们熟知的历史总是胜者叙述的历史。为什么我们不了解其他人的历史，嗯？嗯？

"儿子啊。"他父亲再次道。要他干吗，嗯？地上只有一粒灰尘，只有这么一粒。他慢慢把脚移过去。等挨得近了，他狠狠踢它一脚。

"我的儿子啊。"他父亲又说。按这种每五分钟加一

---

1. 原文来自《堂吉诃德》卷首的一首诗，内容是堂吉诃德的坐骑驽骍难得（Rocinante）和熙德的坐骑巴比埃卡（Babieca）两匹马之间的对话。

个词的速度，他肯定是上不成学了，也看不成放学后的电影了。他上学就是为了看电影，那才是他真正的激情所在。他什么电影都喜欢，真的什么都喜欢。他最喜欢的是电影院的氛围。熄灭的灯光，紧张的手开始扯糖果包装时的细碎响声，压下的微笑，似乎是从屏幕中喷出的湿热呼吸，甚至连那些跳蚤他都喜欢，他总是在电影院里抓住它们，兴致勃勃地带回家里，令他的一号母亲、他唯一的母亲非常绝望。今天放的是：《血路追凶》（*Más oscuro que el ámbar*）和《拿破仑秘史》（*La vida secreta de Napoleón*）。他已经看了六七版拿破仑生平了，每版各不相同。他还了解特洛伊的海伦、克利奥帕特拉、参孙和大利拉、所罗门、四位法老、路易十五、亨利八世、理查三世和卡洛斯·加德尔的私生活。角色所属的历史时期越古老，生平就越私密，他也不知道为什么。反之，他只看过一部有关切·格瓦拉的电影，还拍得很烂，至于有关菲德尔·卡斯特罗的电影，他是一部也没看过。电影界就是这样的。

"这是我们弄到的最新型号的计算器。"他的二号父亲终于进入主题，语气专业，掩不住骄傲。"一台无与伦比的机器。"父亲肯定道。用不了几秒，它就能完成任何运算。加减乘除，计算利润，扣除税费（"还能绣花跟缝补呢。"他想，但到底没说出口），完成复合运算，用三种语言做动词变位，准确地告诉你 2345 年 12 月 8 日是星期几，还能回答简单的问题，比如：日本现在是几点，爱尔兰的纬度，铀的化学符号，多巴哥的地形，应该在一年的哪个季节——各国不同——种植杨树和雪松。他父亲顿了一顿，好像是等着在场观众惊叹机器的效能。停顿期间，他趁机在墙上悄悄蹭了蹭胳膊肘。也想了想他到底该在要写的作文里写点什么鬼东西。《我的未来》。在学校，他的算术是出了名的准确无误。然而到了作文，他就不行了，总是碰上些倒霉题目：《童年记忆》《乡野清晨》《我的父辈》《我的祖国》《我最好的朋友》，诸如此类。

"你知道一台这种机器要花我们多少钱吗？"他的二号父亲问。沉默四散如阴风。他紧张起来，心想必须得回答点什么。回答就行，什么都好。他必须得写那篇作文。《我的未来》。机器多少钱？他要在作文里写什么？

"我想大概要五十万八百二十个未来吧。"他匆忙回答。

他很确信，父亲只是盼着一个公布机器价钱的机会而已。

"几百万呢，儿子，几百万！"父亲纠正他。

"不管怎样，我不想买那个未来，也不想买任何一种别的未来。"男孩回答。他开始觉得自己在被右边的一串零追着跑（左边的零总是毫无价值，但它们放在那儿总有个原因），还有一串数量相仿、可以用作文总结的小小未来。

"过来，我的儿子。"他的父亲又摆出他讨厌的那副保护者的权威姿态。他的一号父亲从来不会这样摆谱，想必是因为没有必不可少的右边的零，也没有未来。"过来，给机器提个问题，要认真些。"

他停在机器面前，怀着明显的自卑感。首先，这闪亮的东西尺寸比他大得多。其次，它比他昂贵。再者，它没有父母。他想问问它，他应该在必须完成的那篇作文里写些什么，但机器并不是为此设计的。他看了看他的父亲，后者面露满意之色，盼着儿子问机器一个问题，让它回答，如此在机器回答的那一刻，即可得意扬扬，仿佛是自己发明了它。他心想："想必比起我，这台机器更让他骄傲吧。"他问机器现在日本的气温如何，如愿得到它的回答：现在正是春天，阴凉处气温 20 度，湿度低，风速每小时 15 公里。他想，在日本的某个地方，树木开满了花，他想着街巷和大道，想着温煦的太阳舐着草木和屋顶，而他根本不可能写出他的未来。他得拿这个题目去问问他的一号父亲。那个冬天他拿到一个叫《我的父辈》的作文题目，因此遭了最大的一次难。他没法决定是写这个父亲还是那个父亲，于是他两个都写了。他尽可能地保证客观。

结果老师不喜欢他写的某些东西，把他单独叫去。

"我的儿子，你知不知道，为了买这台机器，我们付出了多少牺牲？"

"首先，你的作文里一次都没有提过你的母亲。"他的老师责备他。

"许多的牺牲，儿子，许多！"二号父亲强调，"机器是那些工业化国家生产的，美国啦，德国啦，日本啦，法国啦。我们要卖很多羊毛，很多肉，才能买一台机器。"

"我以为只让写男人们。"他为自己辩护，"是复数的问题，复数囊括了两个性别[1]。题目叫《我的父辈》。一位单数的母亲和一位单数的父亲混在一起，就变成了两个父辈，三个父辈，更多的父辈。语言是帝国主义的。"他说。

他的思考让老师受到了冒犯。

"你不觉得在对语言提意见之前，你还得学很多东西吗？"

他心想，不是的，如果得等到学会所有不会的东西，那他大概永远也不能评判任何事任何人了，此外，又不是他要干预语言，是语言要干预他。在他能运用理性之前，

---

1. 西班牙语里的父亲是阳性的"el padre"，母亲是阴性的"la madre"，但双亲合在一起却是阳性复数"los padres"。

　　　　　　　　　　　　恐龙的下午

语言就已经开始干预他,把自身的法则强加于他,强迫他以特定的方式称呼事物,让他以为那就是唯一的可能,后来他了解到还有别的语言,只是,他自己的语言,他小时候咕咕哝哝的那种语言,是没有用的,因为美国人、德国人、日本人、俄罗斯人、中国人都不用那种语言,而他们是世界的主人,因为他们制造那样的机器。

"有一天,"他的二号父亲继续道,"机器能解决最复杂的难题和疑问,人类在大地上的生活会变得舒适、容易、简单。"

他同意。可是,谁会是机器的主人呢,嗯?比如说,谁是这台机器的主人?他的父亲?企业?社会?某种特定的社会,还是全部的社会?他的一号父亲也能拥有这台机器的一丁点儿吗?拥有这些按钮里的一个,只拥有一个,可能是这样吧?机器按什么比例分配呢?按人们的身高?按拥有的公司股份?按他们孩子的数量?

"所以,"他的二号父亲断言,"我们要安排并预见我们的未来。"

他爸爸在说什么未来?是作文里说的那个未来吗?无论如何,这句话在他听来很重要,很文绉绉,于是他记住它,打算之后放进作文里。"我们要安排并预见我们的未来。"

"我很乐意和你的父亲谈一谈。"他的老师对他说。他对语言有足够的了解，知道这温和的建议下暗藏着命令。老师想要和他的父亲谈一谈，最好还是满足她。为什么有些话明明是别的意思，却非得这样说？他也是，他也很乐意和他的父亲谈话，一号父亲，不是二号父亲。

"有一天，"他父亲继续道，"有一天你和我，尽管年纪不同，也会一起在这样的机器周围铸造未来。"

铸造未来，这个词他也要用到作文里。他从没想过他父亲能给他的作业提供这么多点子。他到底没有浪费这个上午，至少没完全浪费。

"现在，我的儿子，"他父亲收尾道，"我希望你给这台美丽的机器命名，它象征着未来，象征着家庭团结，象征着人类的努力与才能。给它取个你喜欢的名字吧，这样当你长大了，国家有了更多机器的时候，你会记得，你是第一个命名它们的人。"

他们总是要求他做些很复杂的事情。书写他的未来，命名那样的机器。为什么不让他静静？

他先去了旅店，但他父亲不在那里，跟平时一样。那小小的陋室让他沮丧，薄薄的一层隔板根本什么也挡不住，挡不住妓女的喊叫、病人的呻吟、醉鬼的大笑，也挡不住他自己的思绪。他接着又把附近的酒吧跑了个遍，他父亲不常走远，肯定在那里。父亲讨厌交通工具：地铁、汽车、公交、自行车。对电梯也感到不安，宁可走路。

他寻找可能的名字、如同未来一般坚固密实的名字、胜利的名字、适合安排停当秩序井然的未来的名字，机器好似一个士兵，僵直、裹满铁皮、恪守纪律：一个只懂得执行命令的士兵，不争论，不思考；一个和所有士兵一样，被制造出来就是为了听从指示，听从领导计划的士兵；一个不懂反思，被灌输了思想、编好了程序的士兵，擅长服务和沉默。"顺从"会不会是个好名字？

他父亲对这个选择不太感兴趣，但他决定不让步。

"以未来之名，"他说，"以前景、秩序、规划和服从之名，我为你取名'顺从'。"仪式结束了，尽管他不太确定父亲是否真对结果满意。但世事如此。人不能一辈子讨所有人的欢心。

他在当地的酒吧和餐馆里寻找一号父亲。有一家店在旅馆拐角，吧台镀锡，椅子稀落，地上铺着木板，一台老留声机不停放着卡洛斯·加德尔的探戈《怨恨》。那首探戈在他心中激起难以言传的病态感情，正因如此，他父亲才喜欢听，正因如此，他才不确定自己是不是喜欢听。他找到了他的父亲，后者正倚在吧台上，喝着渣酿白兰地，兴致勃勃地和一个相貌丑陋的女人聊天。他的一号父亲的缺点，就在于每次试图对人亲切时总显得非常刻意。他的父亲没看见他，于是他便向他父亲走去，到了身边，小声地说一句：

"爸爸。"

他父亲惊讶地转过身来。

父亲没想到儿子会在这时出现。

"所以这个就是你的崽？"相貌丑陋的女人说。她笑得快死了。

他父亲很烦恼，不知道相貌丑陋的女人在笑些什么。

"我是条纽芬兰犬呢。"他庄严宣布。

"一条可卡犬。"他父亲从惊讶中恢复过来，接话道。

"一条白色瑞士牧羊犬。"男孩补充。

"一条拳师犬。"

"一条德国牧羊犬。"

"一条斗牛犬。"

"一条西班牙灵缇。"

"一条西班牙獒犬。"

"一条嗅觉猎犬。"

"一条阿拉诺獒犬。"

"一条狮子狗。爸爸，我们能聊一会儿吗？"

女人迅速从他父亲杯中喝了些酒。这种随便令男孩不太舒服。

"我不喜欢有人当面取笑我。"女人觉得他们已经列举完了，于是说道。两人的默契让她很受冒犯，而他父亲觉得最好还是不要惹她。男孩心想，她是个不怎么讨人喜欢的女人，他父亲搭上的女人几乎都这样。显然，他父亲挑女人的眼光很差。当然了，他母亲也包括在内。

"不是我挑女人，儿子。是她们挑我。"有一次两人谈起这个话题，他父亲这样辩解。

"你为什么要让她们挑你？"他问。

"我很累。"他父亲回答，"很难去拒绝。"

显而易见，有许多很难拒绝的东西。因此，他父亲更倾向于握手言和。

"马尔塔，我们没想取笑你。"他父亲道歉。

"我不叫马尔塔。我有名字，别给我乱取名。真变态。"

他父亲从来记不准女人的名字，每次一认识人家，父亲就会给对方重新取名，试图找到一个贴合印象的名字。这样一来，就能更容易想起她们，记忆里每个人都顶着父亲取的名字，但这种创举并不总能得到别人的认可。

两个人走出酒吧时，父亲有点不安，并不想惹那个女人不高兴。

"别担心啦，"儿子劝说父亲，"她只是很有个性而已。"

"是吗？"父亲问道，放松了些。他的父亲很难不去为路上遇见的男男女女操心，每天走的路很多，要操的心也很多。

"你刚跟她讲什么呢？"去公园的路上，儿子问。整座城市只有一个公园，里边的树木被强风摧毁了大半。尽管如此，由于公园的气氛很忧伤，很有灾难感，两人挺爱在那儿坐着谈话。地上还有些残余的树干，枝桠断裂，叶子枯谢。那场风好厉害，卷走老根，掀飞屋顶，摇动塔楼，还折断了楼顶上的天线。

"我跟她说，之前我在布宜诺斯艾利斯玩扑克，赢了好大一笔钱。"

"你压根儿没去过布宜诺斯艾利斯。"男孩说。他父亲没去过布宜诺斯艾利斯，也没去过别的地方，一直待在这破城市里，因为父亲恐惧旅行，也从来没存下过出游的钱。

"昨晚我梦见自己去了布宜诺斯艾利斯，玩扑克赢了好大一笔钱。你听着怎么样？如果我告诉她那是个梦，估计她就不会听了。还有人从来想不起自己做的什么梦呢，他们的人生真是可悲。小恐怎么样了？"

"噢，他挺好的。今晚他可能会来海滩。"

在他的梦里，总是会清晰地出现一头出水的恐龙，脊背上有着巨大的灰色鳞片，鳞片凸如庞然花瓣，脊背生满尖刺，它的爪子抓挠地面，前肢竖起，可收缩的长尾灵敏地晃动。起初，它的出现（它出现在荒芜的海滩上。当时是夜晚，或是粗涩而昏暗的黄昏，有着灰与丁香的色调、浮游的凶暴鱼群。它从水中冒出，仿佛全部的景色都在迎接它嵌入空气，嵌入空间。它慢慢地浮出，密实的黑水几无波澜。它灰色的巨爪攥紧深处的沙。它稍小一些的前肢抓鱼似的抓住海滩上的小小人形，将他们的脑袋撞在一起，接着向后抛进大海油质的中心，像扔掉空果皮、坏玩具。它冒出来，天真无邪，没有半点负罪感。它冒出来，庞然，纯洁，一个硕大的发狂玩偶。一头生病的大象。对它来说，和人类玩耍是一种善意无害的消遣）令他烦心不已，害怕地惊醒，左看右看，害怕恐龙这次出现在他昏暗的房间里。不过，渐渐地，他习惯了梦见恐龙。他在梦里等它，像等待一位年代错乱的庄严祖先。像等待一位奇装异服的朋友。像等待一个疯子，一个流亡者，他们疯狂的深处藏有一丝悲哀和温柔。他习惯了看它出现，给它取名，和它在街上散步，让它做自己的伙伴和朋友。恐龙和他共享日常生活，虽然谁也看不见它，但它就在那里，尽管不是每时每刻：有时它会回水里几天，不陪着他走路，晚上也不在他屋里转，于是他就又等待它，在堇紫的黄昏静候它在密实得不似水的灰色水域里现身。小恐，天真又亲切的怪兽，潜水的伙伴，人类的吞噬者，鱼群的猎人；小恐，一个特别的朋友，一个生理结构怪异的近亲。

老师那边，事情很麻烦。

他们进去的时候，其他人都走了，只剩老师在空荡荡的教室里整理本册。父亲相当清醒（"儿子，让我喝点儿，就一杯，你不知道做父亲的滋味，我保证，我不会喝醉的，负这么多责任可难得很哪，我要是身上没点儿酒气，压根没法面对老师，你有一天会懂的；就一杯，我说了。好啦，我们走吧。"）。父亲抽着烟斗，好奇地观察一切。父亲有很多年都没进过一间小学了，自打小时候就没再进过。而且，他也想不起自己念没念完小学。父亲总是迷迷糊糊的。

"这就是你的父亲？"老师感叹。她把代词咬得很重，责备地打量着这个寒碜的大胡子男人，这个穿着破破烂烂的衬衫和西装外套，表情比男孩还要幼稚的男人。

"好怪的一棵树啊！"他父亲看见窗外伸出一棵灰棕的树，便径直走了过去。他父亲热爱自然，喜欢树木，每次谈起某个女人，总是说："我爱她，爱的是她的木料。"有很多种木料，也有很多种女人。

"小姐，"他父亲十分平静地说——喝下去的酒显然有些好处，"您能告诉我那是棵什么树吗？"

女人此前并未注意过那棵树。她顺从地朝窗外望了它一眼，觉得它就是棵普普通通随处可见的树。

"我不知道。芭蕉吧，我觉得。这条街上到处都是芭蕉树。"

"怎么可能，"他父亲大受冒犯地回答，"您是要告诉我，那是棵哪儿都有的乡下芭蕉？大错特错。儿子，你帮我弄清楚那棵树的名字。要是连周围树木的名字都搞不清，我真不知道学校里还能教些什么。请问，您叫什么名字？"

老师似乎很困扰。

"我叫萨拉。"

"行，索尼娅，确实，我是这孩子的父亲。有关这一点，我不接受任何责难。我结婚结得很早，没错，基督教社会就是这么倡导的。我没法断言，他的诞生完全出自我们的意愿，但我也不会对这偶然感到悔恨。我们本可以再多等一阵子，或者少等一阵子，都有可能，但谁也不知道事情会变成什么样。谁也没法确定，是会更好呢，还是会更坏。另一方面，我们幸福的婚姻过了四年就破裂了，时间算不上很久，考虑到怀这个孩子就怀了至少九个月，那时候我老婆的肚子总是涨得很大，又是过敏，又是心绞痛，还犯恶心，我不得不去找工作。您看，他孵化得很完美。此外，证件也都齐全。孩子受了洗礼，有三个姑妈姨妈，两个叔叔舅舅，爷爷奶奶外公外婆一共四个，尽管只有一个妹妹，但总体而言，可以说什么也没缺过他的。他甚至还有一个备用父亲，一个外援父亲，您知道，毕竟现如今教育孩子不容易，就像妇女受教育也不容易。有两个父亲总比一个也没有强，您不觉得吗？况且，我妻子受不了孤独。我得说，我也受不了，不过，他还是只有一位母亲。我们不想早早地给他找另一个母亲，弄得他不安宁。"

男孩认真地听着演讲。他很喜欢听他父亲说话。对二号父亲，就没那么喜欢了。看样子他的一号父亲应该知道怎么写作文。

"我很想知道，假如我没有成为我的话，我又会成为谁。"男孩发问。

父亲好奇地瞧了他一眼，随后看向老师。

"您有能力回答这孩子的问题吗，索尼娅？"父亲即刻问道。

"我不叫索尼娅。我叫萨拉。"女人抗议。

"那不是问题所在，索尼娅。这孩子问，如果他没有成为他自己，他会成为谁。"

"我想会成为另一个人。"男孩最终回答。

"正是。"他父亲说。

"也就是说，其实，我可以是任何人。"男孩继续道，

　　　　　　　　　　　　恐龙的下午

"或者，我也可以努力做我自己。但是，如果知道自己可以是其他任何一个人，就很难做自己了。"

"我的儿子，"这称呼是两个父亲之间唯一的共同点，"我已经花了整整四十年努力做自己，也说不准有没有成功。"

"那我也可以花个四十年来成为任何人。"男孩提议。

"我们对比一下结果，或许可以做笔好生意，做个交易之类的，你不觉得吗？可不能忘了，现在是市场经济呢。"

"也可能如果我不是我，我就谁也不是了。"

"或者是一棵名字不详的树。"

"一只青蛙。"

"一场日落。"

"阴差阳错。"

"一片叶。"

"一只眼。"[1]

"一点鸡毛蒜皮。"

"一片灰色的天。"

"一只蜘蛛。"

---

1. 上面四句为文字游戏，"一场日落"（un ocaso）和"阴差阳错"（un acaso）、"叶"（hoja）和"眼"（ojo）两两发音类似，只有一个音节不同，中文也处理为音近的表达。

"一架三轮车的轮子。"

"一册《圣经》。"

"一部电视。"

"一个梦。"

"对哦，我可能会变成你儿子几乎夜夜梦到的那头恐龙。"

"我就会有另一个儿子。"

"不会梦见恐龙的儿子。"

"你可能会是体育场里的足球。"

"也可能是你的母亲。要是我成了你的母亲，不是很有趣吗？"

"老师呢，假如现在我成了老师，会发生什么事？"

"我就得给你些忠告。"

"你不用做我的老师，也总是在给我忠告。"

"会换一种，我给你的是儿子的忠告，不是老师的忠告。"

"这也解决不了树的问题。我看啊，亲爱的小姐，这学校的师资不行。首先，各位不知道周围都是些什么树。其次，您没有能力教给我的儿子——您的学生——一种合适的方法，让他知道如果他不是他，又会是谁。既然如此，各位还能教他什么呢？"

趁着父亲发表演说的时候，他拿圆珠笔在椅背上划拉。动作悄悄的，这种事就得悄悄地做。他能想出的最好的主意就是画一个万字符。

两人一起走出了学校。他父亲很是得意，愉快地抽着烟斗。

"到头来，我都不知道那女人让你把我叫来做什么。"父亲满意地点评，"我看她都没拎清呢。她想跟我说些什么？"

"她正在调查是哪个狗娘养的混蛋在椅子上画万字符。问题出在破坏公物，而不是画了什么符号。"他说。

他到了家，和母亲打了招呼，向她宣布：

"霍纳斯要晚点回家吃午饭。他正向那些脑子还没接上电线的人们展示机器的未来。"

他母亲瞧他一眼，一点也不惊讶。她习惯了儿子想到什么名字就给继父安上。至于他说的话是什么意思，她决心不去探究。她和一个疯子早早地结了婚却没有及时发觉，后果就是这样。人们得随身带着张精神健康证，以免发生这种意外。她，一个没有经验的姑娘，成了一个疯子谵妄的受害者，而男孩似乎继承了他父亲最糟糕的特质。好在她的第二任丈夫很支持她，不但从来不责备她，还愿意负责治好男孩的精神——如果治得好的话。

他找到他妹妹时，她正躺着，盯着天花板。她要是没在读书，那最爱干的就是这个。

"今天有些什么新鲜事？"他在床边坐下，问她。

"听这个：自——然、门——户、计——算、挂——锁、十——年、中——等、灵——长目、服——务、空——缺、主——题、士——兵、团——结、引——导、反——思、流——星、浓——密、猫眼——石……"[1]

---

1. 此处的文字游戏是从一个单词中拆出一个或两个意思不同的单词，受中文表意限制，难以还原，解释如下："自然"（la naturaleza）中可以拆出"青蛙"（lana），"门户"（portal）可以拆成"因为"（por）加"如此"（tal），"计算"（cálculo）可以是"石灰"（cal）加"屁股"（culo），"挂锁"（candado）是"狗"（can）加"骰子"（dado），"十年"（década）是"给"（dé）加"每个"（cada），中等（mediano）是"一半"（media）加"不"（no），灵长目（primate）是"堂姐妹"或"表姐妹"（prima）加"你"（te），"服务"（servicio）是"存在"（ser）加"恶习"（vicio），"空缺"（vacante）是"奶牛"（vaca）加"之前"（ante），"主题"（temas）是"你"（te）加"但是"（mas），"士兵"（soldado）是"太阳"（sol）加"骰子"（dado），"团结"（solidaridad）是"太阳"（sol）加"快乐"（hilaridad），"引导"（canalizar）是"狗"（can）加"瓷砖"（alizar），"反思"（reflexionar）是"再次"（re）加"弯曲"（flexionar），"流星"（meteoro）是"塞入"（mete）加"金子"（oro），"浓密"（espesa）是"是"（es）加"沉重"（pesa），"猫眼石"（crisoberilo）是"黄金之神"（criso）加"绿柱石"（berilo）。

　　　　　　　　　　　　　　恐龙的下午

"你又开始研究词典了？"

"嗯。我要让爸爸买《大英百科全书》。肯定很好玩。"

"你又不会英语。你没有文化。"

"那更好了。"

"你觉得会衬祖母绿沙发吗？"

"买来的《大英百科全书》可能有好几种颜色呢，可以根据客厅的家具和地毯挑选。"

"不会吧。英国人传统得很。"

"妈妈也是，但她也有祖母绿沙发。"

"每个地方的传统都不一样。"

"那我就不知道它是个什么传统了。"

"传错了的传统。"

"舛错。"

"揣测。"

"痴呆。"

"磁带。"

"死掉。"

"怕臊。帕索里尼。"[1]

---

1. 以上均为发音相近的单词构成的文字游戏，为保留语言游戏的感觉，并未完全忠实原文字面义。

"我不懂那是什么。"

"爸爸也不懂。"

"哪个？"

"这个不东。"[1]

"南。"

"北。"

"俄瑞西忒斯。"[2]

"闭嘴吧。"

"扈扈。"

"纸板。"

"子弹。"

"紫——蛋。"

"担子。"

"但丁。"[3]

"妈妈早上打电话给医生，说她发现我们很关心语言。"

---

1. 西班牙语里的"这个"（este）同时有"东方"的意思，为接上下文的"南"和"北"，略微修改原句。

2. 此处"Orestes"（俄瑞斯忒斯）与"Oeste"（西方）谐音，与上文的"Este"（东方／这个）、"Sur"（南方）、"Norte"（北方）一同构成语言游戏。为照顾游戏效果，此处翻译为"俄瑞西忒斯"。

3. 以上几句为保留语言游戏的感觉，并未完全忠实原文字面义。

"她很关心我们关心语言。"

"她哥—乌—安—关心的事情之一。"

"一种呵—乌—衣—挥霍。"

"一种乐—盎—浪费。"

"处方是喝糖浆还是上沙滩？"

"上沙滩。"

"傻蛋。"

"撒旦？"

"铁腕。"[1]

"'不要暴力要正义。'"

"'独裁民生凋敝，我们同舟共济。'"

"'不要空谈要实干。'"

"猜字谜。"

"查尔斯顿。"

"赫斯顿。"

"斗篷。"

"中。"[2]

"中国。"

---

1. 以上几句为保留语言游戏的感觉，并未完全忠实原文字面义。
2. 为保留语言游戏的感觉，并未完全忠实原文字面义。

"撞击。"

"支票。"

"猪猡。"

"智利好，鬼佬孬。"

"指令。"

"值——班——员。"

"滋事。"[1]

"走兔。"

"主簿。"

"洲陆。"

"周——致。"[2]

"周——长。"

"周——徐安——旋。"

"周——区安——全。"

"周围。"

"找我。"

"我要找李下海滩。"

---

1. 为保留语言游戏的感觉，并未完全忠实原文字面义。

2. 从此句到"下海滩"一句，为保留语言游戏的感觉，并未完全忠实原文字面义。从"中。"到"找我。"原文均以"Ch"或"Con"开头，中文处理为"z"或"zh"声母打头的词语。

　　　　　　　　　　恐龙的下午

某一次，他开始梦见恐龙，可是他记不得是什么时候。记忆很吝啬。假如我们能记起一切，会变成什么样子？记起一切的一切。一只总是从海上浮现的恐龙，深蓝色的海，银色的恐龙。庞然大物浮出水面。他想回忆的时候，它已然出水。他可以清晰地看见它的脑袋，但爪子还浸在水里。之后，他下到海滩。尽管他找不到恐龙的踪迹，但海是深蓝的，几乎不是蓝而成了黑，海很低，很平，很静，似乎什么也不会浮起，但天空有着预兆的颜色，预感的颜色，似乎一切平静都伤人。海滩荒凉，他等着海的供奉。贝壳、木块、空海螺（夜里听见海的回响荡漾）、鱼的尸体，还有某条前来死在岸边的病狼鱼。

云间丁香色深沉，海滩空荡；在沙子上，是海鸥和鸟儿绘出的纤美足迹。鸟儿们不怕他。不怕他，也不怕恐龙。鸟儿们待在它们的位置上，站在沙子上，眼睛紧盯着低低的海，很平、很静的海。鸟儿们像鸟雕塑一样。它们一动，就留下耕过的沙地。小船都归了岸，船口朝上，好像核桃壳。于是他坐在小丘近旁，开始等待。在梦中，恐龙出现的时间并不确定。在他看来，有时候是黄昏，有时候又是太阳还未升起的黎明。不管怎样，可以确定的是，没有别人，只有他在等待恐龙。只有他看得见它，庞大，纯真，出水时看不出湿迹，寻找着能一同玩耍的人们。在梦中，恐龙出现的时间并不确定。等待令他充满不安。不知为何，他感到有必要控制它。它在世上释放的那种力，那种威力，是危险的。只有他能远远看见它，同它说话，阻止它巨大的双臂环抱人群，鲁莽地将他们的脑袋撞在一起，将他们扔得远远的，扔到搁浅的战败船只沉睡的海底。古老的船只。捕捉雷龙鲸鱼的老猎人们的船只。因此他每个午后都下到海滩，有时也在天格外灰的上午去。他的任务就是阻止它。安抚它。驯服它。避免毁灭。不让它抓住他的父亲，他的妹妹，他的朋友们。在海的腰胯上监视它的现身，在波涛边守卫，一直等待它，如等待启示。他也得让别人不要在发现它时杀死它。他的使命很微妙。他很肯定，如果有人看见了恐龙，就一定会毁了它，消灭它，因为觉得它会攻击自己。也可能只是出于杀戮的习惯。他的任务很艰巨。他必须不让这一方杀了那一方，也不让那一方杀了这一方。该先照顾哪边呢？他心存疑虑，因此总待在黑影里，但他并不躲藏，他觉得躲藏意味着背信弃义。他等待着它。他急切而烦恼地等待着它。他自己并不害怕。恐龙不会对他做什么。他们是好朋友。恐龙未经允许就侵入他的生活，这事不假，但他已经习惯了它在夜晚入侵，梦游般现身在他梦里，它变得像一位亲爱的先人，一位传奇的祖父，一个搁浅在梦岛上的挪威航海家。一个习性奇特，但最终会让我们喜爱和尊重的朋友。不过，信任归信任，它的威力并不会减弱。他知道，有一天——在他醒着的时候——恐龙会出现，梦里可怕的威胁会实现，它会闯入昏暗的、变黑了的海滩，鳍和鳞闪烁银光，双臂紧压这个人满为患的星球上天真的居民。他尤其想保护他的一号父亲，还有他唯一的妹妹；要保护一号父亲，因为他不懂照顾自己，总是和有点蠢、有点丑的女人们搅和在一块儿；要保护妹妹，因为她是小小的，甜美的。

　　他看见它从远处浮现，打起冷战。夜色昏黑。远远地，他瞧见大灯塔的绿光，五秒后又变成了红色。最令他惊讶的是它鳞片的颜色同他梦见的一模一样。灰与银，光辉明亮。它慢慢地浮出。它仿佛是在沉思，又仿佛离开海面（移动澡盆里的好奇宝宝）是一件很棘手的事情，必须认真完成。像是一个踌躇地学步的孩子，又惊异又好玩地看着自己腿脚的动作、手臂的动作，一个个地欣赏自己身体不同的部位，像欣赏一台奇异神妙的装置的部件——我们近来才了解这装置的奥秘。仿佛出水对它来说，是需要训练才能完成的任务。他看见它缓慢地移动一只灰色的巨爪，仿佛正在辨识大海脆弱的、油一般的领土——他想象它的爪子会黏满海里的东西，水螅体、海藻、植物、地衣、海草——仿佛那是它做出的第一个动作，它的脊背微倾，头颅高扬。先是一只爪子，再是另一只。它认出第二个动作，惊讶竟和第一个相同，这只爪子也像一张多孔的网，捞出海中的战利品，像一只吸盘捕捉水中绿色的、盈满泡沫的东西，果肉般黏附的东西。它惊讶自己竟能在海上行走，能移动背上石头的硬壳。像一个迈出最初几步的孩子，不同的是，它是在一片多水的、黏性的、脆弱的领土中央迈步。然而，一旦开始行走，它的动作就变得更敏捷——别忘了它沉重的骨架，它那由石头、淤泥、卵石、石灰质凸起和烂泥巴构成的身体。

它无边地、沉默地浮起。

他等待着它，全神贯注地看着、等着，浑身颤抖。那荒唐的启示之夜是哪一夜？隧道般的一夜。黑色蚁穴般的一夜。他坚信不能退缩。

而当那庞然大物，

那悄然生物，

那末日雷龙静静靠近，他看向家的方向，大喊：

"爸爸！"

后翼弃兵

Gambito de reina

在挂着胭脂色厚窗帘，铺着红毯的大厅中，塞龙用鲁特琴弹起他的朋友维庸为他写的一首歌：

> 我往日追随的风流伙伴
>
> 到如今都在哪里？
>
> 他们既会唱歌也十分健谈，
>
> 言行都十分得体。[1]

鸟儿们停在栖架上，脑袋几乎动也不动，静息的矛隼潮湿而凶狠的瞳仁放大着。亚历杭德拉灌醉她的动物们，让它们变得更加病态淫邪。弹哪，塞龙，弹哪。只要你还在弹，城堡里就有乐曲和生机；亚历杭德拉会在明亮的大厅里穿行，轮番伸出右手与左手，派发着生与死，仆从会

---

1. 译文引自杨德友译维庸《遗嘱集》第32页。

打开内室的门，打开酒窖，血红的酒窖，孔雀会张开它们的扇子，在吊灯的光线下，在虚假的太阳、虚假的白日下漫步，亚历杭德拉受不了夜晚，她害怕夜晚，好像一个小女孩，在那隐秘地、背叛地从女孩变成女人的时刻陷入混乱，因为她原本生为女孩，在床单间一场鲜血的骚乱里才成为女人。弹吧，塞龙，吊灯伪装着已然逝去的盛时，在它虚假的光线下弹你那着魔的西塔拉琴吧，用你的鲁特琴掩去一个已降临的夜；只要塞龙的手指不疲倦，宫殿里就有白昼，就有乐曲，亚历杭德拉就会在柱子间，在她心爱厅室的庭院间穿行，依肤色挑选出的情人们组成音乐会，做起爱情游戏，让亚历杭德拉忘记夜的到临，忘记她的童年已在从前某张床上违愿喷涌的血中远去。

"维特鲁威，我多想生为男儿身，若是如此，唯一能溅湿我衣裳的要么是死去敌手的血，要么就是我自己死时的血。"

"亚历杭德拉，我不是诗人维特鲁威，我曾是个不够格的牧人，不愿成天只知放牧，我曾放弃写诗和放牧去征战，却又成了不够格的战士，无法就此不做诗人，也无法让你做不成女王。"

"和我讲讲蜜蜂的故事，维特鲁威，否则今夜就会是你我生命中最后的夜晚。你知道对叛乱战士的惩罚是什

　　　　　　　　　　　恐龙的下午

么吗？"

"不够格的战士，亚历杭德拉，所以无法就此不做诗人和牧人。可又是不够格的诗人，所以无法就此不做战士。"

"我认识好多诗人，维特鲁威，他们虽然诗写得不如你，但从未放下蓝色的鹅毛笔转而握住剑柄，从未弃笔从戎。而他们的诗，维特鲁威，写得不如你。但你的罪在于你的野心。要成为新的什么人，维特鲁威，你当初就该放弃生命里别的身份。你的野心是有罪的，它让诗人、战士和牧人同时在你身上死去。三个人在你身上死去，维特鲁威，我在你身上同时杀死我最好的三位臣子，就算对一位女王而言，这也未免过分了。"

"我曾是个牧人，为诗弄丢了羊。我可以发誓，我也会为那些丢失的羊伤心，一如我为那些放牧时未写的诗句哀痛。我曾是个战士，为战争弄丢了羊，弄丢了诗句。我同样敢发誓，我为每行诗痛苦，为每只羊痛苦，正如为每个我没能杀死的敌人痛苦。我打仗打得越多，就越想去放羊，去写诗，我写诗写得越多，放羊放得越多，就越想打仗。但是啊，亚历杭德拉，你的同类杀掉我们的羊，我们的羊群在与你酒窖一般颜色的田野上奔逃流散，你的士兵在我们的家里纵情狂欢，侵占女人像侵占我们的羊。你的同类在诗人尚未出生，尚未写下诗句前就杀死他们，于是某次，我想起继而忘记自己牧人诗人的身份，从此做起战士，保护羊群，拯救诗人。"

"维特鲁威，和我讲讲蜜蜂的故事，我们再到棋盘上对弈，如此你的生命或许就能延长一夜，等到明天白昼来临，我重拾了好心情，你就可以在宫苑里散步，欣赏花园宁静的景象、珍奇的树木和湖上缓缓滑行的大雁。"

"水上静缓滑行的大雁。斜坡上轻柔的响动。湖面如此宁静，如此平和，亚历杭德拉，甚至能听见盛开的花朵从枝头坠落，昏晕中被风卷过地面的声音。湖面如此透明，亚历杭德拉，如果我对水自照，就能看见一个头戴枯桂冠的诗人伤心地挥着手中的剑，一个笨手笨脚的牧人为写诗放任羊群跑丢，我还看见——在透明的湖水中我看见——一个梦游的战士在篝火映照下数着羊。诗遗落在水里，剑生了锈斑，羊群逃向山中。一个伤心流泪的诗人，一个梦游的牧人，一个追逐羊群的战士。不够格的战士，亚历杭德拉，无法从此不做诗人，也无法打垮你。这就是冒牌牧人、伤心诗人、败北战士的凄凉故事。你每次开口时我都会颤抖，因为你是我所爱的一切事物的主人——而你从来不爱它们——在原野上吃草的羊群，树木蓊郁的原野，鸟儿栖息的树木，生杀尽在你掌握的鸟儿，成为诗人前就死去、因此再也无法写诗的诗人们，它们全部都属于你。"

"维特鲁威，这些都是无谓的辩词。让它们在无用的长矛尖上死去吧，来和我讲讲蜜蜂的一生。它们甜蜜的花粉。它们盘旋着吮吸的蜜。或许它们，有着乌似黑李、苦似胆汁的蜂刺的它们，在人走灯灭时能够忍受夜晚可恼的孤寂。告诉我，维特鲁威，为什么夜晚如此荒芜，为什么朋友们的脸变得陌生，而我再认不出自己的父母。"

"我们这儿有很多诗人，亚历杭德拉，我们有很多勇敢的战士。很多抛下他们的羊群，将杖换成剑的牧人。我落下了我的狗。当我回去找它的时候，你的士兵包围了它，也包围了我。它是条好狗，亚历杭德拉，它老了，病了，所以才会在路上耽搁，不得不伤心地折回藏身处；我不能任它遭受你手下士兵的暴行。"

"你该扔下它，维特鲁威。说到底，一条狗又算什么呢？你原可以在行军途中再找到别的狗，可你不是个好士兵。一个合格的士兵不会沿着不安全的道路折返，去找一条落在后边的狗。你也不是个好诗人，维特鲁威。一个好诗人不会在泛蓝的剑刃上写诗。你同样不是个好牧人，维特鲁威，一个好牧人不会为了写诗放一只羊跑丢。"

"那条狗累了，我们逃离的时候，它往回折返，而我不想留它面对你手下士兵的暴虐。如果我连自己的狗都保护不了，又能为了谁而战斗呢？"

"好的战士，维特鲁威，不会弄混战争和爱。人们在争斗时会忘记爱，尽管他们在爱中并不总能忘记战争。可是，同等地爱着羊群、诗行和刀剑的人，将会死于遗忘的羊群、未写的诗歌和败北的战役。对一个想同时做三个人的人来说，维特鲁威，这是多么悲哀的命运啊。"

"不，亚历杭德拉，我只想望过成为上帝，成为上帝。成不了上帝，就什么也不要。不要你大雁默然滑过静湖的宫殿，不要躁动矛隼淫秽的颤抖，不要你无眠狂女般穿行于渎神宫厅的漫步。不要你那放过鸟而杀死狗，将诗人扼于襁褓中的决定，不要你变作男儿身、悬剑两腿间的贪求。"

"和我讲讲那个故事，维特鲁威，如此你就能再看一夜大雁静缓地滑过湖面，塞龙就将弹起鲁特琴，那个男孩少女、少年女孩[1]将坐到我们脚边的小鼢鹿毛毯上，我将允许你在我眼前爱她。"

"我不再渴望那个树女孩，那个处女少年、少年宁芙[2]，

---

1. 此处作者故意将词性相反的两组词，即"男孩"（niño）"少女"（efeba）和"少年"（efebo）"女孩"（niña）组合在一起，以表示姆纳吉笛卡模糊的性别。

2. 此处与上文类似，将"处女"（la virgen）和"少年"（efebo），"少年"（efebo）和古希腊神话里的山野仙女"宁芙"（ninfa）组合在一起，表示姆纳吉笛卡模棱两可的性别。

　　　　　　　　　　　　恐龙的下午

姆纳吉笛卡[1]。她一刻不停地瞧着你，你一走就发疯，她穿着针茅编成的凉鞋，裹着希伯来式长袍，只为让你粗暴地扯掉她的衣裳，脱去她的鞋子。他名为海拉斯[2]，一身牧人打扮出现在宫中，他以长笛爱抚你，吹起婚礼之歌，用眼睛吞食你，倾倒酒液在你的胸脯，舔舐你腹部的凹陷，让他的羊群在你下腹的草丛间憩息。"

"那么，维特鲁威，我们将为了你相爱。在我花园里的小點鹿地毯上（那头小點鹿，维特鲁威，你曾以手喂过，姆纳吉笛卡高高兴兴地杀了它，因为那是我的要求），我会坏心地、缓慢地剥光她，火炬燃烧着，而我将遍历她的躯体，慢慢解开她的衣衫，我将任那刺柏色的长袍坠地，途中向你展示情人莲花般洁白的浑圆酥胸，还有她腹部蓝色的痣，我将在她身上碾碎水果，留下赭色与血色的痕迹，宛如脐状的杯。我将说破她的心事，出其不意地抓住她，像抓住一只睡着的狍子，我将用暴力、啃咬和命令唤醒她。她，温顺又善于逢迎的她，令人难以抗拒的女

---

1. 名字源自萨福诗中提及的一位少女，法国作家皮埃尔·路易在散文诗集《比利提斯之歌》中亦借其名创作多篇诗歌。
2. 名字源自希腊神话中赫拉克勒斯的同伴与随从海拉斯。他年轻英俊，深受赫拉克勒斯喜爱，后于登上阿尔戈号寻找金羊毛前被水中宁芙诱惑，未能成行。此处或指姆纳吉笛卡的男性面貌。

奴，将会把喊叫埋进黇鹿毯子如埋进草里。而我将会从她体内拽出欢愉和痛苦的呻吟；维特鲁威，你难道不想要那些善于承欢的女孩儿？她们高瘦如男孩，驯顺如女奴，饮泉水时又像力竭的鹿。"

"我不想要你那恋爱中的女孩，亚历杭德拉，我不想要姆纳吉笛卡，也不想要牧人海拉斯，我想要明天再一次看那些大雁缓缓滑过湖面，亚历杭德拉，放了那个女孩吧，任她在湖上划船吧，把她还给她的父母，不要怂恿她在你的庭园中杀鹿，不要叫她监视你被困的战士。"

"牧人啊，给我讲讲那个故事，给我讲讲吧，诗人，在黎明来临之前让那故事流淌，犹如丛林之水。我想听。我想一边听，一边被海拉斯爱抚，被那双潮湿的眼吞食，然后我将慢慢解开她[1]的腰带，褪去她的衣裳，拂动我的手指，谛听蜜蜂令人昏沉的低鸣，啊，它们的吮吸，欲望般永恒的环形飞行。那欲望你已无法感知，维特鲁威，因为你是个败北的战士，是个没有写尽所有诗行的诗人，是个弄丢自己羊群的牧人。"

"的确。自从你杀死我的狗的那一天起，亚历杭德拉，我就再也感觉不到欲望了。当塞龙在鲁特琴上弹奏维庸的

---

1. 此处的"她"指同为一体的"海拉斯／姆纳吉笛卡"。

歌，当迟缓的大雁雪白、皎洁、宁谧地滑过湖面，我悲伤的性器已无法立起。一根无用的性器，一柄派不上用场的利剑，一支损坏了的手杖。即便是胭脂色帘幕的轻拂，你女奴们的凉鞋在已死黇鹿上的抚弄，你那些身材苗条、有着长长的臂和长长的吻、指甲锋利、乳头绛紫的侍女们隐默而富于暗示的腰胯，都不再能使我激动。"

"蜜蜂的故事，还是交配后吞下雄性的黑寡妇的故事？"

"亚历杭德拉，野蜂要么生活在石缝和树干里，要么悬挂在枝上。"

（大半年里我们都在躲藏。躲在洞穴里，躲在草木掩蔽的岩洞中，你的士兵无法抵达，他们受昆虫惊吓，被藤蔓缠绕，在沼泽地迷路，于是世界，亚历杭德拉，就眷顾我们，树上地上自然生长的果子眷顾我们，阻碍你的军队穿越丛林的雨水眷顾我们，无人敢胆大妄为的黑夜也眷顾我们。而你则游荡着穿过宫苑，狂怒凶暴，激动万分，追逐你森林里的黇鹿，享受你士兵们的爱，拖着你的女奴、你的女友们走过间间酒窖。）

"亚历杭德拉，蜂房里的生活依靠一只拥有两个巨大卵巢的完美雌蜂，也就是蜂后来运行。中性的雌蜂[1]和雄蜂

---

1. 指工蜂。

在它的周围劳作，嗡鸣。"

（你起身之时，你动作之时，地球开始旋转，活动增殖翻倍，蜂巢嗡嗡攒动，工蜂来来去去，你躺在床上，头枕着鸭绒被，被褥间仍残留你的男人女人们的香味，你饱涨的双乳高耸如山，你腿间的两个卵巢圆润潮湿，如两张敞开的嘴，每人在其中投进他们的小银币。投进他们的细月桂枝。他们的松木。他们的空海螺。他们的白糖。他们令人昏软的烈酒。他们灼人的蜜。他们公羊的泡沫。他们女奴的发辫。他们芬芳的葡萄酒。他们长袍的腰带。乳房的香粉。放肆大笑的不知羞耻。小女孩的嘴。牧人的手杖。诗人的羽毛笔。无用的利剑，亚历杭德拉，自你杀死我的狗以后。）

"每个蜂房唯有一只生殖的雌蜂，也就是蜂后，整个蜂群的生活都围绕它转动。"

哎，你那些宣示权力的放肆行径。你每夜同我玩的那个游戏，那张有生命的棋盘；你的一个年老的侍女扮演车，你在漆黑的石板上摆出你最好的马，你裸身同它一起漫步宫殿森林的那匹马，接着，是你偏爱的那个青年，依他的精力与性器尺寸被挑选而出；但是亚历杭德拉，你永远不会输棋，因为你的那一方没有王。于是你夜夜战胜我，因为我只能追猎你无足轻重的棋子、你不懂规则的卒，最多最多也只能登上你的车，与此同时你洗劫我的农田，你的士兵侵犯我的羊群，闯入我的房屋，杀死我的马和相，而我无依无靠的后，那悲痛的寡妇，逃到大雁静默的湖边投水自尽。你又赢了一局棋。

"你又输了，维特鲁威，我的后战胜了你的后。我的后折断了你的王的脖子。"

"我触角的箭杆颤动着，一败涂地。那些像我一样失去蜂刺的无助雄蜂，亚历杭德拉，被你那些腹部生刺的凶悍雌蜂包围，那些没有腺体的雄蜂在你身旁奄奄一息，病入膏肓，斗志全无。"

"蜂后的颚，亚历杭德拉，用于啃开蜂房房室的门以抵达蜂蜜。她们的舌头，亚历杭德拉，能刺进花的裂缝，吸进蜜腺中的花粉。"

（亚历杭德拉，放开那个女孩吧。松开她的长袍。不要在她的腿间合拢你的唇，任她逃向湖边吧，任她给大雁喂食吧。亚历杭德拉张开她的嘴，如张开一道地裂般狂热贪婪；她的嘴唇，两片平滑、有力、灵敏的刮刀，吞咽着，噬食着，进行着分离表皮的甜美行动，撕去匿藏果实的皮，猛地闭拢，挤压，吮吸房室所藏之物。）

"姆纳吉笛卡，我是女王。我，女王。我要进来，贴着你双腿光润的边缘滑动；我要划开甜蜜的表皮，收集花粉，抵达你藏在房室中的蜜，以我的舌头以我的嘴唇舔舐，缓慢地从容地吸食。然后，等我的舌头膨起，我将热切地分开你双腿的绒毛，取出那苦甜的果。"

"姆纳吉笛卡，女孩少年，少女男孩，抵抗吧。让她吮吸，但要合拢你的腿。作为交换，我会给你讲一个故事，有关遭到围困的勇敢战士们，他们抵抗直至全军覆没，最终只活下来一个，那个人当时活下来，现今却在这宫中死去。姆纳吉笛卡，抵抗吧。愿你蜡的封盖足够坚固，让蜂后无法用她的铁颚咬开。姆纳吉笛卡，关上你的房室。加固你的蜂蜡。让你所有的雄蜂瞄准她。唉，那些懒惰的雄蜂从未拿起过任何武器。"

"故事的结局是什么，维特鲁威？告诉我。"

"蜂后出巢踏上了繁衍之旅。"（逃吧，姆纳吉笛卡，逃到湖边去。我会给你指一条秘道，我从逃生的雁群那儿得知它的存在。逃吧，别回头，换掉你的长袍，就像那些弃巢而去的蜜蜂，改变你的香味，你的发式，你行走与动作的姿态。）

"维特鲁威，你是个贞洁的男子。"

"在她的婚旅中，蜂后飞遍她的房间。她注视着初启的辉煌白日，而雄蜂们在宫殿外沐浴着光与热，为白昼而惊愕。蜂后徐徐飞出宫殿，姿态放荡，她俯视着地平线，

　　　　　　　　　　　　恐龙的下午

做第一次的侦察飞行；雄蜂们围着她，深吸她发情期的气味，留意她翅膀邀请射精的淫邪颤动，但她不屑一顾地从他们上空飞过，打量他们的外貌，评判他们的活力。"

"那是愉悦的行动，维特鲁威，那是壮丽的飞行。醉于欲望而永远迷失的被选中者扑到外面，击出他独一无二、硕大无朋的阳物，刺入阴道，阻塞通路，占满空间，雌性收拢她的环如一张紧闭的嘴，啃咬利剑，截断诗篇；雄性徒劳地试图挣脱，但她合拢了她的腿，将那虚荣的居民困在了她的绒毛中，然后暴怒地扯下那插入的器官，翻出的阳物。战士死去了。在战斗中，他失去了武器，被夺走了躯干。他丧失一切防护，万分惊恐地死去。"

那之后，蜂后回到她的宫殿。她焦急的女奴们在门口等着她，挥着手帕，奏着赞歌，塞龙弹着鲁特琴，塞龙，那个阉人乐师。她们躺在地毯上等着她，小腹洁白、潮湿，如牛乳一般，触角似的颤动。蜂后降落下来，驻足片刻，看向她的女仆们。她爱抚她们的小腹，舔舐一小会儿她们跳动的乳房。她们殷殷地承受。宫殿里装点了鸢尾与百合。一股强烈的芳香淫靡而浓烈地笼住厅室。女仆们跟着她走进房间，好帮她脱衣沐浴，洗去旅途的残余。一切都结束了，直到另一天到来。

"维特鲁威啊，我多想生为蜜蜂，生为男儿。换作是我，不会用羊群换利剑，不会用牧杖换诗笔。我也不会驻足凝望大雁迟缓慵懒地游过湖面。"

而你，小姆纳吉笛卡，请你杀了我。因为我曾是牧人，却为了写诗放任羊群跑丢，因为我曾是诗人，却拿起剑而扔下诗。因为我作为战士却丢失了剑，姆纳吉笛卡，我成了雄蜂。因为我将我的刺埋进一位女王的阴道，而且，姆纳吉笛卡，我仍然活着，我继续活着，在一场永不结束的新婚交媾中。

伊戈尔王子的故事

La historia del príncipe Igor

他在宫殿里收藏千岁的女人

永生不死的女人

弥散着陈旧

古老，寡廉鲜耻的芬芳

玷污大厅的空气

和那些镜子。

但她们弹拨竖琴

精于舞蹈。

他看着她们跳死亡之舞

消磨大半时光。

他的母亲年纪轻轻

死于难产，

他叫她们"妈妈"。

谁也不知晓他收藏的奥秘。

她们跳舞时，长长的灰袍崩开缝线，像粉碎的枯叶，而他会命令仆人拾起她们身后遗下的尘埃。仆人们手持少女秀发做成的小小扫帚，打扫她们舞过的场地。

> 她们跳着舞，消磨大半个夜晚。她们缓慢舒徐
> 　地移动
> 因年老而笨拙，
> 她们的袍子纷纷解体。他命令仆人们拾起她们
> 遗下的尘埃，
> 她们行过的标记，
> 仆人们将拾到的尘埃放进精巧的透明匣子里。

"有意思的是，"伊戈尔说，"她们舞蹈落下的尘埃颜色各异。"实际上，她们跳舞的时候，会曳出一道多变而易逝的细痕，色彩从灰到红。可能的话，她们会独自起舞，动作舒缓，长裙拖过地面，姿态属于年迈的女人，但却极富尊严。她们动作中的高贵让伊戈尔认为，她们应当是贵族女子。

尽管当她们极缓极慢地——如沉重的船——在场地上移动时，总是会重复一些淫词浪语，令他不禁揣测，也许她们是风霜不侵的名妓，借部落男巫的巫术长生。

透明匣子里的尘埃颜色各异。

当他同她们说话时，她们并不回答，在他看来，此举粗鲁无礼，缺乏教养。但他敬她们年长，并不愿责罚她们。

她们不戴饰物，长袍一律是灰色。

每个匣子都有铭文，写着伊戈尔为她们每个人取的名字，仆人总是会很小心，避免弄混盛着尘埃的细瓶。

匣子里的尘埃有多有少，
因此伊戈尔推测她们解体的程度并不相同，
但更惊人的是，尽管失去了这么多尘埃，
她们的外貌却丝毫不改。

仿佛失去的尘埃并不属于她们，
仿佛它是别的东西的尘埃，

仿佛她们与圣书并无关系。

（伊戈尔是无神论者。）
他凝视着小瓶里的尘埃，消磨许多时光。

他很伤心，他的母亲不是她们中的一个，否则，至少
他可以将她保存在瓶中。

他不理国事，成日看贵妇淫妓跳舞。尽管如此，各项
事务仍然顺利进行。

除了标签之外，伊戈尔还想在每个小瓶上放一枚符
号。在他看来，这是他用以酬答那些贵妇的礼遇。他让人
在铜和银上画出各种纹章。他给其中一位贵妇弓和竖琴
（因为她的鼻子有明显的瑕疵），给另一位罗盘玫瑰、航海
玫瑰（因为她太爱哭泣），第三位呢，给她印着她肖像的
硬币（她跳舞时喜欢斜睨着镜子，观察自己沉重衰老的动
作），第四位，给她三叉戟（因为她拖着一条木腿跳舞），
第五位，给她一只铙（她舞蹈时骨头咔咔作响），如此这
般。他想把这些符号刻在她们的裙子上，但宫里的工匠表
示无能为力：那些长袍是石头做的，得动用雕刻刀和锤子

才行，但伊戈尔又不肯弄坏她们的衣物。

一号的鼻子挺拔，又有点歪斜。伊戈尔想，她的祖先应该是只鸟。她看他的眼神总是很凶狠，看得伊戈尔自觉渺小、胆怯、呆傻。他跑到窗边的一棵树上，从那儿偷看她。西比拉——伊戈尔的姐姐——在大厅里找他，没有找到。她神色高傲，赶走挡她道的贵妇们，命令所有的仆人都去寻找伊戈尔。在她眼里，伊戈尔正玩着一个略显愚蠢的游戏，但她很爱他的弟弟，什么都会给他。连她的手也会给他，当伊戈尔夜里出现在她房中，他与梦境搏斗到衣衫褴褛，畅饮烈酒到双眼灼灼，倒在床单上，甜美而焦急地唤着女人们的名字。连她的乳房也会给他，当伊戈尔暴烈地撕开她的裙子，在蓝地毯上丢下一只刚刚杀死的鸽子雪白的尸体。

西比拉找到了他，伊戈尔正坐在白银的大箱子上，他的双脚庞然，睫毛庞然，骨头庞然，犬齿庞然，胸膛刚硬。伊戈尔坐在白银的大箱子上，而西比拉是一个很小的小女孩。

二号很爱哭。伊戈尔不禁想，自从几千年前她出生以来，她究竟哭出了多少泪河呢。伊戈尔想，海、河、大洋和水流，都形成于她的哭泣。她的哭泣从山中涌出，化作洪流落在城市中，吞没了牲畜、教堂和城堡。她在城镇上方落雨或落泪，泛滥了河流，淹没了花园。他命人在宫苑里挖了一个坑，想让她在坑中哭泣，如此大雁和天鹅就能在水面漫游。他想保留一个她哭泣的湖。她泪水的小溪。

或者是她的湖泊的一个梦，西比拉说。有时候西比拉也会加入游戏。只是有时候而已，在她想放下朝政休憩一番的时刻。伊戈尔命人造了一座大坝，拦截二号的哭泣。他想，真好啊，他的姐姐负责治国，他负责爱和舞，生和死，梦和不眠。或者湖泊本身也是梦。栖居在湖上的梦，在哭泣中消逝的湖，变成了湖变成了梦的哭泣。西比拉做梦。西比拉微笑。西比拉湖泊泉水梦境大雁栖居天鹅[1]，伊戈尔哭泣。

伊戈尔看着大坝的平面图说，确实如此。他不确定大坝能不能容纳二号全部的眼泪，但无论如何，至少能将她的哭泣拦截几个月，而时间对伊戈尔来说，从来不会超过明天。

对西比拉来说，时间是昨天。

---

1. 原文为一串词语的并列，原本就不合语法。

西比拉统领百官，掌管财政。总得有人干这事吧，西比拉说。她嫉妒二号。伊戈尔此前从未这么热衷于修建一座大坝。

伊戈尔命人在屋中装满镜子。各式各样的镜子。有圆形的镜子，如同钉在墙上的满月。如同溜走的月亮。斜倚的月亮。疲惫的月亮，流浪漫游到远方的月亮。有尖拱形的镜子，菱形的镜子。有夹层的镜子，覆了水银的镜子，磨砂的镜子，双面镜，三面镜，多面镜，变形的镜子，放大的镜子，缩小的镜子，直的镜子和卷曲的镜子，冷的镜子和热的镜子，凹面镜和凸面镜，反射的镜子和隐藏的镜子。房子一般的镜子和镜房子。供人自照的镜子和供人观看的镜子。伊戈尔装这些镜子，是为了让三号能照见自己。有一天他发现三号跳舞的时候喜欢看自己的倒影。自那以后，他就萌生了念头，要在宫中装满镜子——也许她某时又会想要照镜。西比拉表示抗议。她厌烦了屋里到处都是女人。她起身的时候，移动的时候，从一个房间去另一个房间的时候，总是会撞上同性恋一般瞧着她的女人。整天感觉自己一直被人盯着，滋味实在不好受。

"昨天，"西比拉说，"我起床的时候听到一声动静，立刻就用手护住了下体。那是镜子碎掉的声音，镜子细细破碎的声音，我收回手，手上有血。我跑向最近的一面镜子，想看一眼我自己，结果我看到了你，伊戈尔，你笑着，醉醺醺的，抱着一个侍女。拜托你，行事小心些。家里这么多镜子，很难保全隐私。何况那个侍女还很粗俗。"

第二天伊戈尔发现西比拉倒在镜子前，身上有血。他朝她俯下身，她那么小，他都怕抱她起来会把她弄碎。他叫来他的一个侏儒仆人，命令仆人万分小心地把她从地上抱起来，放到一张床上去。仆人用小小的手臂抱起她，恭敬地将她送到卧室。

仆人将她放在雪白的床单中，留下伊戈尔一个人陪着她。伊戈尔怕自己的目光伤到她，于是向另一边看去。他拿起一个透明的小空瓶，极尽轻柔地——一直望着另一侧——将她装了进去。他封好瓶子，这才敢看她。西比拉的下身流着血，他很想对她说些甜蜜动人的话，让她的血停止奔流，但他知道她封在瓶中，听不见他在说什么。于是他叫来仆人，让仆人将这个瓶子和那些盛放女人舞蹈遗尘的瓶子放在一起。

"瓶子里这么多尘埃，伊戈尔，我觉得会害了我们。"西比拉昨天说。她望着伊戈尔注视的透明瓶子的陈列。有品红的尘埃，赭石的尘埃，灰的尘埃，锦葵紫的尘埃，玫瑰的尘埃。"你想在里面看到什么呢？"西比拉问。她想抵抗观看的诱惑。一个女政治家不能在静观上花去那么多的时间，但是伊戈尔呢，伊戈尔却可以。

"假如我的母亲是这些女人中的一个，"伊戈尔明天说，"我们就还能将她留存在我们身侧。我们会有一个瓶子，装着一点点尘埃，是呀，西比拉，可这也好过什么都没有。"

"无论如何，"西比拉说，"也好过家里到处都是跳着舞掉着灰的女人。"

"好过什么都没有，明天啊明天。"伊戈尔说。

"但昨天和昨天都是这样的。"西比拉回答，"你应该认命。"

伊戈尔今早狂怒地醒来，他梦见一个仆人把瓶子里的一点尘埃洒在了地毯上。他叫来那个仆人，讨要解释。他叫来西比拉，和她讲了这个梦。他要惩罚仆人的粗心。西比拉告诉他，说到底，要对梦里这些瓶子负责的是尘埃，而不是仆人。

"尘埃总是很负责任的，"伊戈尔回答。"可以把掉落的尘埃再捡起来。"她提议。

"那就不是同样的尘埃了，它会变成混杂的尘埃，卑下的尘埃，患病的尘埃，转化了的尘埃。"伊戈尔争辩。

那一小点尘埃落在地上，弄脏了地毯。

"我们也可以把梦捡起来，封到瓶子里，伊戈尔，"西比拉建议。昨天他很烦躁，不肯简单地接受这些方案。

"那就得再让另一个仆人盯着封存梦的瓶子。"伊戈尔反对道。

"那个梦是一个不安、年轻、飘忽不定的梦吗？"西比拉问。

"一个梦总归是一个梦，我不允许仆人粗心大意，放它逃走。"伊戈尔抗议。

最后，西比拉亲手把梦封进了瓶子。如此，伊戈尔就能更放心，不会再因失落了尘埃心中惶惶。

"问题是，"伊戈尔明天说，"如果我又梦见同一个梦，我没法知道它是我梦到的梦的镜像，还是趁我睡着时出游的梦，还是从瓶中逃亡的梦。"

西比拉沉思。她的治国之术容许她将全部的时间用于沉思。她发现可以用想象来统管王国事务，因此，她什么也不用做，只管去解决伊戈尔的问题——他可是个难以统治得多的国度。不一会儿，西比拉就找到了办法：在梦的前方放一面镜子，让他每时每刻都能盯着它，知道梦究竟是在瓶子里，还是已经出逃。伊戈尔只需瞧一眼镜子，就能弄清楚。

那一夜，伊戈尔梦见一面镜子反映着另一面，镜中有一个瓶子封着一个梦，瓶子是玻璃的，反映着一面反映着另一面的镜子，镜中有一个瓶子封着一个梦，瓶子是玻璃的，反映着一面反映着另一面的镜子，镜中有一个瓶子封着一个梦，瓶子是玻璃的，反映着一面反映着另一面的镜子，镜中有一个瓶子封着一个梦，瓶子是玻……

伊戈尔起身，在宫中飞奔，穿过长廊，进到他姐姐的卧室。

"西比拉，"他说，"拜托了，叫醒我，那面放着封梦瓶的镜子刚刚梦见了我。"

西比拉用一张很白很软的床单温柔地盖住她身侧沉睡的侍女的裸胸，然后环顾四周。她的眼睛掠过房中的湿壁画、地毯、窗帘，又转回沉睡的侍女的裸体，接着，她忽然以猛禽般的迅捷与狡黠抓起拨火棍，打碎了瓶子。于是伊戈尔醒来，得以再次进入镜中。

梦滑开，钻入镜中，那就是伊戈尔一直追逐的尘埃。

四号有一条木腿，舞蹈时缓慢地挪动。她撩起裙子，炫耀她的木腿，迈出短促坚定的几步，在地上敲出咚咚的声音。咚一，咚二，咚左，咚右，咚前，咚后。伊戈尔迷恋四号的舞蹈，很想为每一个动作鼓掌，只是不愿扰乱舞者的专注。四号无比专注于她的动作。她双眼低垂，望着裙下伸出的褐色尖端。她的另一条腿很正常，有血有肉，皮肤微微泛粉，脚上有五个脚趾，五片精心修剪的趾甲藏在凉鞋里。旁边那条腿没穿凉鞋，末端是木头的残肢，起舞时叩击地面。伊戈尔做了件很体贴的事：他像是并未事先想过似的，漫不经心地在四号触手可及的一张椅子上留下一对拐杖。她一开始似乎并没注意，但当伊戈尔悄悄离开大厅，通过窗帘掩着的一面镜子窥视她的时候，看见她舞着行向那张放拐杖的椅子，她舞动未停，用手拿起拐杖，支在地上，夹到腋下，开始借着它们跳舞。现在咚咚声又添一重，令伊戈尔心潮澎湃。她极灵巧地跳着舞，在空间中挥动着拐杖，仿佛它们是桨，是木头的翅膀，这里停一下——砰——那里顿一下——砰——上上下下，而伊戈尔发觉，现在她身后的遗尘变了颜色。舞至高潮，她分开两条木腿，形成一道完美直线，用两根拐杖的末端敲着地面，仿佛在传递什么密文。

好几个上午，伊戈尔都在解读四号木腿留下的符码。

拐杖在宫中敲击的声音弄得西比拉发昏。她说这样很难去想象国事。

伊戈尔将占卜师们召进宫中。

伊戈尔求问密写的神谕。

　　　　　　　　　　　　　　恐龙的下午

四号继续敲打着地面。

伊戈尔思考着她想说的话，忘了照料他落灰的梦境。

阿布·马斯查尔·德哈法尔·伊布恩·穆罕默德，又名阿尔布马萨尔[1]，来到宫中。他是星相学大师，大哲人阿尔金杜斯[2]的弟子。西比拉反对他进宫。她很确定，梦的年代不对，这位阿尔金杜斯的弟子不过是个骗子。

"跳舞的四号的梦属于二十二世纪，伊戈尔，阿布·马斯查尔·德哈法尔·伊本·穆罕默德出生在九世纪[3]。"

"你错了，姐姐。"伊戈尔说，"阿尔布马萨尔告诉我，其实梦见舞者四号用木腿敲击地面的不是我，而是他。那时他已垂垂老矣，在一个茉莉与檀香芬芳满溢的漫长夏夜，他翻阅古老神秘的手稿，随后在烛光中梦见了残疾的舞者，不幸对她生发了爱情，却没有得到回应。他寝食难安，无法阅读也无法出游，甚至无法从阅读古老的莎草纸中找到慰藉，没有她，他什么也做不成。他追着她，追过森林、河流、小溪和群山；她总是跑在他前边，尽管她身

1. 阿尔布马萨尔（Albumazar，787—886），又译阿布·谢尔、阿布·马沙尔，原名贾法尔·伊本·穆罕默德·伊本·乌马尔·阿布·马沙尔·阿尔·巴尔吉（Yafar ibn Muḥammad Ibn'Umar Abū Ma'shar al-Baljī），波斯著名占星家。
2. 阿尔金杜斯（Alchindus，801—870），阿拉伯著名数学家、哲学家。
3. 此处角色并非真实同名历史人物，故有时间上的歧异。

患残疾，但他也老了——仿佛古老的手稿压在他身上——她跑过草原和平野，敲叩着根须、岩石、树皮，祈求帮助，想必是有人帮了她，大师坚持如此认为，因为某个夜晚她成功逃出了阿尔布马萨尔的梦境，而可怜的老人再也没有听到她的消息，直到我将他唤进我自己的梦里。所以，严格来说，他才是梦见她的第一个人，但她跑出了他梦境的边界，她梦见了我，而我徒劳地试图解读她的讯息。"

"真奇怪，"西比拉说，"现在我也搞不清了，究竟是她梦见了你，还是你梦见了她，还是那个老人梦见了你们俩。那你现在怎么办呢，伊戈尔？你要把她还给她的第一个主人（梦）[1]吗？"西比拉问。她巴不得尽快解决此事。

伊戈尔思索了一会儿。他思索的当口，梦的一切装置都停止了运转，舞蹈未成，女人们困在艰难的舞姿中，灯火通明，动作悬而未决。尽管谁都说不出一个字，伊戈尔也明白过来，沉思的时间不能拖得太长，否则，他把人们固定在往往很不舒适的强制姿势中，心里也会很难受。

伊戈尔思索了一会儿，随后下定决心。他命人将帘子尽数拉上，关闭房间，熄灭灯光，接着躲进一间居室，服

---

1. 西班牙语里的"主人"（dueño）和"梦"（sueño）只有一字之差。

了几片眠尔通[1]，决定睡上一觉。他一入睡，就命令一个仆人将阿尔布马萨尔带进他的梦里。伊戈尔整晚梦见一位身穿长袍的老占星学家，老人步履缓慢，爱着一个残疾的舞者，舞者用木腿蹦跳着，跑在老人前面，两人之间的距离永远不变，他们再次行过同样的地点，经过巨大的石头洗衣池，经过少女被强暴的泉水边，经过圣彼得堡的大教堂，经过布洛涅森林，女人发送着信号，用木腿敲打树皮、树干、墙垣，留下痕迹、暗号，刺穿大地，老人艰辛地追逐着她，毫不退缩，一步不停，她显出疲态，等跑到一泓宁静如镜的仪式之湖边，便猛然跃入湖中，从梦中消隐，而伊戈尔就此醒来。

考古学家的日常任务是重建五号的骨头，她在跳舞时会脱臼。一开始，伊戈尔表现得很绅士，每有一条胫骨或股骨，一片枕骨或角膜，一块头骨或肩胛骨掉落在地，他就会庄重地倾身，用手小心地捧起骨头，在她渐舞渐近时将骨头还给它的法定主人。她总是目视前方，高傲地接过骨头，仿佛什么也没有发生——倒也不错——然后把骨头飞快地塞进裙下：伊戈尔不知道她那高贵迅捷的动作是否

---

1. 一种镇定剂品牌。

真将脱落的骨头放回了原处，还是说，其实她裙下有一个盒子，装满脱落的骨头和部位。出于尊敬，他并不愿掀起她的裙子向内看，但他也担心，他不在的时候，她身上随时会掉下一块关键部位，会有一根重要的骨头折断或碎裂，而且——如果没人将她从地上扶起——这位千年的女子就会摔倒，倒塌，塌得多狠呀，像一只受伤的鸟，一张落下的大幕。那位可怜的贵妇第一次犯错的时候，伊戈尔就决定雇一位考古学家。是西比拉为他带来的噩耗。

"伊戈尔，我觉得五号犯了个小错误。"有一天，在他进舞蹈室之前，她对他说。确实，他不在的时候，五号的一条胫骨轰然坠地。仆人立即赶来，拾起骨头，彬彬有礼地还给贵妇人，她跳着永无止境的舞蹈，旋转着从侏儒面前经过，双手接过骨头，安在了肩胛骨的边上。西比拉走进舞蹈室，看见五号笨拙舞蹈的怪异场面，五号的肩上戳出一根骨头，像一个侧倾的陀螺，随时都可能停转，不再晃动，晕倒在地。

那天伊戈尔雇用了一位考古学家。考古学家会待在舞蹈室，一旦五号的骨头掉到地上，就去帮她重组。伊戈尔不是很高兴，想到有一个陌生人在摆弄那些贵妇，他就受不了。他一想到考古学家会碰她，就感到很沮丧。

恐 龙 的 下 午

那段时期，西比拉分神想象一起国患。她想象一场起义，目的是让伊戈尔不得不离开千年贵妇的厅室。她努力想象，以至于不久后王国真的爆发了一场农民起义，农民占领了地主的土地，引得地主们大骇，他们远离产业所在，享受着有产阶级的荣华富贵。地主们在尼斯乘游艇兜风，在蔚蓝海岸晒出古铜肌肤，在蒙特卡洛的赌场无伤大雅地赌博，在野蛮而又富有异域风情的美洲国家游历。西比拉如此努力地想象那个梦，以至于有天早上伊戈尔醒来，匆匆闯进西比拉的房间。他赶走看门的狗，一进屋就遣散与姐姐分享床榻的侍女。

"西比拉，"伊戈尔苦恼地唤着，扑在侍女们腾出的空床单上，"我梦见东方的农民叛乱，占领了领主的土地。"

西比拉一言不发地望着他。她长大了好多，透过她敞开的浴袍，伊戈尔看见一对硕大的乳房，宛如炽白的山峦。他一边同她说着话，一边紧盯两座山丘的斜坡与平面。西比拉舒展全身，伸了个懒腰。伊戈尔看见她的床单缠绕着蛇，腰间滑过一头无比年轻的狮子，他看见一处藏着羚羊的阴凉洞穴，一只游水的天鹅，一头伸懒腰的豹子，两只晒太阳的蜥蜴。他看见他自己，如一个登山者，从平原向上攀爬。山丘很高，他热切地攀爬，变得无限地小，无限地轻。他扔出一道绳索，挂在一座远峰上，紧抓着它，艰难地向上爬了几米，脸和身子撞击着山侧。那是一座蓝色的山，山上淌过血管般的细流，覆着海藻般的葱翠。攀登艰难而缓慢。山上有巉岩、峰尖和野树，有时他成功抵达某处，却又不慎脱离、滑落、跌下、倒退。地面并不坚固，也不宽阔。但伊戈尔锲而不舍，坚持不懈：绳子又一次破空，缠住山峰，他百折不挠，站在已征服的领地上，西比拉的大腿坚实，他可以小心地爬高，一旦抓住了她的胯，他就能更轻松地上升，他用腿用手用舌头用指甲用脚攀爬，有时西比拉会不小心害他后退，但后退得不多，那是一种匆促的运动，而不是一次逃离，是沿她娇嫩的大腿、病态的身侧滑行，但他紧抓山侧，昂首挺胸，坚定不移。有时他驻足饮泉，尔后再继续艰难地攀登。他攀爬，浑身沐浴岩浆，仿佛对峰顶火山的震动毫不在意。岩浆流淌，烧灼他手臂和双腿的皮肤。固体的岩浆，炽热的，致命的，侵入随常的田地、已耕种的原野、无人不晓的湖泊。当他抵达峰巅，西比拉告诉他：

"伊戈尔，你得和我并肩作战。"

然而为时已晚，起义的农民已经抵达伊戈尔梦境的大门，他们手持长矛、长枪、石块和大棒，敲击窗户，抽打墙壁，击垮城墙，于是伊戈尔意识到，他们将闯进他的梦里，取代那些跳舞的贵妇。

"西比拉，我要死了。"伊戈尔哀叫。但是，在伊戈尔梦境的大门轰然倒塌的时候，西比拉就已经拣出两个最钟爱的侍女，飞快地逃走了。那三人听见敲打声渐渐逼近伊戈尔的房间，便钻入镜中，西比拉望了伊戈尔最后一眼，他正做着梦，梦见西比拉和她的宠儿一起自镜中逃逸。

模拟之二

Simulacro II

我们已在月球轨道上转了十天。从舱口左右顾盼，都只能望见无限的、浓重的蓝色宇宙空间。我们体会不到热或冷。我们感觉不到饿或渴。我们没有经历不适或病痛。我们的头发和牙齿都不疼。黑暗和光亮都不存在。我们没有影子。我们睡着时不做梦。在那里，从不天黑也从不天亮。满月持续着。没有钟表，也没有照片。我们可以入睡，也可以醒着。无人穿衣，也无人脱衣。

　　第十天，西尔维奥请求我给他讲个故事。但我已丧失了记忆。

　　"编点什么吧。"他向我哀求。然而，在空间的荒芜中一直绕着月球旋转，是什么也编不出来的。

　　"和我说说话吧。"于是，他又对我说。我寻找写在飞船某处的某个单词，一个我可以念出来的单词。白费力气：机器已不再需要使用说明；它们自行运转。哪里都没有写着能让我读出来的东西。舱口两侧，唯有蓝色的宇宙空间。我们体会不到热或冷。我们感觉不到饿或渴。我们没有经历不适或病痛。我们的头发和牙齿都不疼。黑暗和光亮都不存在。声响细微、衰弱、纤薄。我们不需要躺下，也不需要起身。我们可以入睡，也可以醒着。无人穿衣，也无人脱衣。

最后，我竭尽全力，终于说出一个词语：

"怜悯。"

我说。

（京权）图字：01-2024-3432

图书在版编目（CIP）数据

恐龙的下午/（乌拉圭）克里斯蒂娜·佩里·罗西著；黄韵颐译.
-- 北京：作家出版社，2024.11. -- ISBN 978-7-5212-2994-3

Ⅰ. I551.45

中国国家版本馆 CIP 数据核字第 2024AJ4723 号

LA TARDE DEL DINOSAURIO by Cristina Peri Rossi
Copyright © 2008 by Cristina Peri Rossi
Simplified Chinese Edition Copyright:
2024 THE WRITERS PUBLISHING HOUSE CO.,LTD.
All rights reserved.

中国外国文学学会
西班牙葡萄牙语
文学研究分会
HISPANIC & PORTUGUESE
LITERARY STUDIES ASSOCIATION

新拉丁美洲文学丛书

恐龙的下午

作　　者：（乌拉圭）克里斯蒂娜·佩里·罗西
译　　者：黄韵颐
责任编辑：赵　超
封面设计：吴元瑛
出版发行：作家出版社有限公司
社　　址：北京农展馆南里 10 号　　　邮　　编：100125
电话传真：86 - 10 - 65067186（发行中心）
　　　　　86 - 10 - 65004079（总编室）
E - mail: zuojia@zuojia.net.cn
http://www.zuojiachubanshe.com
印　　刷：河北京平诚乾印刷有限公司
成品尺寸：130 × 185
字　　数：82 千
印　　张：5.5
版　　次：2024 年 11 月第 1 版
印　　次：2024 年 11 月第 1 次印刷
ISBN　978 - 7 - 5212 - 2994 - 3
定　　价：58.00 元